接近
無限透明的
藍

村上龍

張致斌——譯

經典墜入版

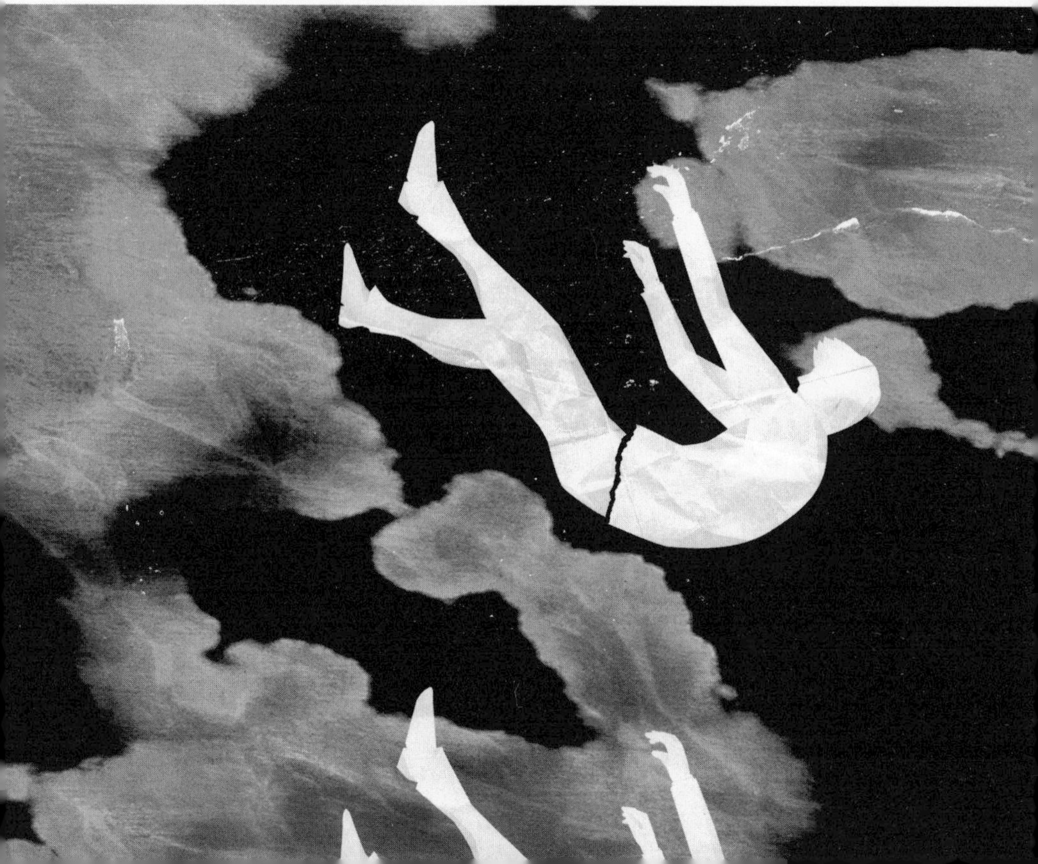

並不是飛機的聲音。是隻小蟲從耳後飛來的振翅聲。比蒼蠅還小的蟲子在眼前盤旋了一會兒之後飛向房間昏暗的角落消失無蹤。

反射著天花板燈泡亮光的白色圓桌上有個玻璃菸灰缸。一根濾嘴上沾著口紅的細長香菸正在菸灰缸裡面燃燒。桌邊放著一個洋梨造型的葡萄酒瓶，商標上繪有嘴裡塞滿了葡萄，手持葡萄串的金髮女郎。天花板上的紅燈也映在杯中葡萄酒滉漾的表面。桌腳的底部沒入長毛地毯裡，看不見。正面有個大梳妝台。坐在梳妝台前的女人背上汗水淋淋。女人伸直了腿，將黑絲襪捲成一丸褪下。

「幫個忙，把那邊的毛巾拿來，粉紅色那條，看到了嗎？」

莉莉說著把捲成一丸的絲襪扔過來。說才剛下班回來的她，取了卸妝水輕輕拍著油亮的額頭。

「我問你，後來怎麼樣了？」

她一接過毛巾就直接拿去擦背，眼睛看著我問。

「喔喔，請他喝一杯啊，免得鬧事，除了那小子之外，外面那輛勝利

（Nissan Cedric）上面還有兩個傢伙，全都吸了膠，晃晃悠悠的，所以請他喝一杯，聽說那小子進過少年監獄，是眞的嗎？」

「是朝鮮人哪，那小子。」

莉莉正在卸妝。用小片脫脂棉蘸了味道刺鼻的液體擦拭臉。然後弓起背湊向鏡子，取下有如熱帶魚魚鰭的假睫毛。扔掉的脫脂棉沾著紅色和黑色的污漬。

「阿健以前拿刀捅過他哥，應該是他哥吧，不過人沒死，前一陣子還去過店裡。」

我透過酒杯望向電燈泡。光滑的玻璃球中有暗橙色的燈絲。

「莉莉，他說跟妳打聽過我的事，以後嘴巴緊一點哪，可別什麼事情都跟那種奇怪的傢伙亂講。」

莉莉拿起與口紅、梳子、各種瓶瓶罐罐和盒子一同擱在梳妝台上的酒杯一口喝乾後，當著我的面脫下繡金線的喇叭褲。腹部有一道鬆緊帶勒出的印子。據說莉莉以前當過模特兒。

牆上的相框裡有一張莉莉身穿毛皮大衣的照片。聽她說過，那是絨鼠皮，值好幾百萬。曾經有一回，在一個天氣寒冷的日子，她注射了過量的安公子（譯注：Methamphetamine，甲基安非他命）之後來到我的住處，慘白的臉色就像個死人。嘴邊長了許多小膿包，渾身直哆嗦，門一開，她就向內撲倒。

記得我把莉莉抱起來的時候，她跟我說的是：「嗳，幫我把指甲油洗掉，一直塗著很不舒服啊。」她穿了件露背裝，渾身是汗，連珍珠項鍊都變得濕淋淋的。家裡沒有去光水，於是我拿了香蕉油爲她除去手指和腳趾上的蔻丹。「不好意思啊，店裡有點煩心的事情。」她小聲說道。我握著莉莉的腳踝擦拭腳趾甲的時候，她聳肩喘著氣，眼睛一直望著窗外的景色。我邊吻她手邊從裙子下襬伸進去，觸到了大腿內側的冷汗，然後試圖脫掉她的內褲。內褲掛在腳尖，雙腿大開坐在椅子上的莉莉，那時突然說想看電視。現在應該正在播馬龍．白蘭度主演的老片唷，伊力．卡山（Elia Kazan）導的。沾在我手掌上帶著花香的汗水，許久不乾。

「龍，你在傑克遜的大屋打了嗎啡對吧？前天的事情。」

莉莉從冰箱裡拿出一顆桃，邊剝皮邊對我說。她盤著腿身子沉在沙發裡。我沒有接她削好遞來的桃。

「那個時候，是不是有個紅頭髮、穿著短裙的女孩，記得嗎？看起來很辣，屁股眞夠翹，有吧？」

「記不得了，當時好像有三個日本女孩，爆炸頭那個？」

從我這裡可以望見廚房。堆在洗碗槽裡的髒碗盤上面有黑色的蟲子爬來爬去，八成是蟑螂。莉莉邊跟我講話，邊擦拭滴落在赤裸大腿上的桃汁。一條條紅色和青色的靜脈浮現在吊著拖鞋的腳上。那浮現在皮膚上的血管，在我眼裡看來總覺得很美。

「果然是扯謊，那個女孩沒去店裡上工，大白天就跟你們這些人鬼混，裝病最省事了，那女孩是不是也打了嗎啡？」

「傑克遜可能做那種事嗎？他還是那個論調，女孩子不能碰那種東西，否則就糟蹋了。那女孩是妳店裡的啊，挺愛笑的，一喝多了就笑。」

「是不是該炒她魷魚啊，你看呢？」
「可是她應該很受歡迎吧？」
「倒也是，屁股那麼迷人。」
蟑螂把腦袋探進沾了黏糊糊番茄醬的盤子，背後油光亮的。
把蟑螂打爛的時候會流出種種顏色的液體，現在這傢伙的肚子裡搞不好是紅色的。
我曾經打死過一隻爬在調色盤上的蟑螂，流出的是鮮豔紫色的體液。當時調色盤上並沒有紫色的顏料，我猜大概是紅色和藍色在那小小肚子混合而成的吧。
「我說，阿健後來怎麼樣了？乖乖回去了嗎？」
「是啊，最後還是進了屋，我明確表示沒有女人，然後問要不要喝酒，他說要可樂，因爲嗑了藥迷迷糊糊的，還向我道了歉。」
「眞像個白癡。」
「在車上等的那幾個傢伙調戲了一個路過的女人，那女人可有相當年紀了。」

沒卸乾淨的殘妝在莉莉的額頭上泛著微光。吃剩的桃核扔進菸灰缸，把髮夾從染過盤起的頭髮上取下，拿起梳子梳理起來。順著頭髮的波浪慢慢梳，一根香菸還叼在嘴裡。

「阿健的姐姐在我店裡待過喲，好久以前的事了，人很聰明。」

「已經不幹啦？」

「聽說回國去了，說是北邊的。」

柔軟的紅色髮絲纏在梳子上。整理好濃密頭髮的莉莉好像忽然想起似的，起身從櫥櫃上一個銀色盒子裡取出一支細針筒。對著燈光確認過茶色小瓶裡液體的量之後，用針筒吸取適當的份量，屈身扎在大腿上。支撐身體的腿微微顫抖。針頭似乎扎得太深，拔出來之後，一縷血隨之流到了膝頭。莉莉邊揉著太陽穴，邊擦去嘴角淌出的口水。

「莉莉，每次打的時候針頭都得好好消毒啊。」

莉莉沒答腔，在房間一隅的床鋪躺下，點了根菸。脖子上的粗血管浮起，她無力地吐出一口煙。

「要打嗎？還有呢。」

「今天不了。今天我自己也有，而且還有朋友要來。」

莉莉伸手拿起床頭小桌上的文庫本《帕爾瑪宮闈祕史》（譯注：La Chartreuse de Parme，作者斯湯達爾，十九世紀法國現實主義文學先驅，代表作品有《紅與黑》等）讀起來。一臉恍惚逐著文字，不時將煙噴在書頁上。

「竟然這麼愛看書，可真少見哪，莉莉。」

我撿起從櫥櫃掉落地上的針筒後說道，莉莉大著舌頭回應，哎呀，這書有意思嘛。針頭上沾著血，我打算拿去洗淨，走進廚房。蟑螂還在洗碗槽裡的盤子上。我拿了張報紙捲起來，小心翼翼以免打破碗盤，用力將爬上流理台的蟑螂打死了。

「你在幹什麼呀？」正用指甲摳掉大腿上血跡的莉莉問道。

「快過來嘛。」

聲音相當嗲。

蟑螂肚子裡流出了黃色體液。被打爛的身體黏在流理台邊緣，觸鬚還在晃動。

莉莉將內褲從腳上除下，又喊了我一聲。《帕爾瑪宮闈祕史》已經扔到了地毯上。

我的屋裡瀰漫著一股酸味。桌上有一盤忘了何時切的鳳梨，酸味就是從那裡發出來的。

切面發黑已完全腐爛，盤子裡積了黏糊糊的汁液。

要打海洛因的沖繩仔正在做準備，鼻頭上滿是汗珠。見他這副樣子，我發現莉莉說的一點沒錯，這眞是個悶熱的夜晚。「嗳，不覺得熱嗎？今天好熱啊。」在濕濕的床上，應該已經無力的莉莉扭動著軀體，不住這麼說。

「喂，龍，這些海洛因多少錢？」

玲子從皮包裡拿出「門戶合唱團」的唱片，同時問道。聽我回答十美元，沖繩仔大嚷，耶，比沖繩那邊還便宜哩。沖繩仔先用打火機烤針頭，再以蘸了酒精的脫脂棉擦拭消毒，然後往裡頭吹氣，看看針孔有沒有堵住。

「四谷警察局最近好像重新裝修了，牆壁和廁所都乾淨得嚇人，負責看守的那個年輕傢伙還眞會打屁，淨講些無聊笑話，說什麼那裡比警察的單身宿舍還要好，有個老傢伙一直諂媚地跟著笑，夠噁心的了。」

沖繩仔的一雙眼珠子黃濁。來此之前喝了不少裝在牛奶瓶裡變得一股怪味的酒，已經醉得相當厲害。

「喂，聽說你在那邊進過保健所，是眞的嗎？」

我問沖繩仔，手上邊打開包海洛因的錫箔紙。

「是啊，被我老頭送去的，老美的保健所喲，因爲我是被美國憲兵逮著的，得先進美軍的機構勒戒，然後才送去那裡。龍，人家美國可眞是先進國家哪，我打從心底這麼覺得。」

原本在看「門戶合唱團」唱片封套的玲子插嘴了。

「嗳，龍，聽說每天都有嗎啡可以打唷，你不覺得很棒嗎？我也好想進老美的保健所啊。」

沖繩仔邊用耳挖子將錫箔紙上的海洛因聚到中間，邊說道：

「想得美咧，玲子，像妳這種半吊子根本進不去啦，我不是說過，得是貨眞價實的癮君子（譯注：junkie，指海洛因成癮者）才行嗎？只有像我這樣，兩條手臂都滿是針孔的眞正成癮者才進得去，裡面有個長得很正的護士小姐，叫良子，每天都幫我打針哩。屁股像這樣撅起來，眼睛看著窗外人們打排球什麼的，屁股就這麼噗地挨上一針，因爲身體已經虛得不像話，老二自然也都縮起來啦，給良子瞧見眞是太丟臉了，萬一碰到像玲子這種大屁股的，可就吃不消啦。」

聽到沖繩仔說自己屁股大，玲子哼的一聲咒罵了兩句，說想要找東西喝，逕自進廚房開冰箱去了。

「嘿，怎麼什麼都沒有啊？」

沖繩仔指著桌上的鳳梨說，就來點這個吧，不是故鄉風味的嗎？

「沖繩仔，你眞那麼喜歡吃壞掉的東西啊，難怪連你的衣服上都是一股怪味。」

玲子喝著加水稀釋的可爾必思這麼說。還把冰塊含在腮幫子裡滾動。

「我絕對很快也會變成癮君子的，如果癮頭沒辦法變得像沖繩仔那麼大，結婚以後可就累啦，好想要兩個人一起上癮，然後住在一起，再一點點戒掉。」

「要兩個人一起去保健所度蜜月嗎？」

我笑著問。

「嗯，怎麼樣？沖繩仔，就這麼辦吧？」

「好主意，就這麼辦吧，到時候就可以兩個人親熱地靠在一起撅起屁股讓人打嗎啡啦，同時還可以打情罵俏。」

媽的，少損我啦，沖繩仔笑著說，然後用餐巾紙將用熱水燙過的大湯匙擦乾。用耳挖子取了份量只有火柴頭大小的海落英置入匙柄拗成了弓形的不鏽鋼湯匙裡，並且說，玲子，要是妳現在敢打噴嚏的話，我就揍扁妳。接著在軍用的滴管式一CC針筒上裝了針頭。玲子點了根蠟燭。小心翼翼用針筒將水滴到湯匙裡的海洛因上。

「龍，你又要搞派對啊？」

沖繩仔問道。爲了讓自己鎮靜一點，他把微微顫抖的手指在褲子上擦了擦。

「是啊，受幾個老黑之託。」

「玲子，去不去？參加派對。」

沖繩仔問正將剩餘海洛因用錫箔紙重新包好的玲子。玲子回答：「嗯，不過你可別胡思亂想哪。」眼睛卻看著我。

「要是嗑了藥迷迷糊糊跟老黑上床，我可會翻臉哪。」

將湯匙放在燭火上方烤。水溶液轉眼沸騰。湯匙內冒著泡和熱氣，底部則被燻黑了。沖繩仔慢慢將湯匙從燭火上移開，就像用湯匙餵小嬰兒的時候那般吹涼。

在拘留所啊，他邊撕脫脂棉邊對我說。

「在拘留所啊，不是一直沒得解癮嗎？結果我做了一個惡夢，內容已經想不起來了，可是我大哥出現在夢裡，因爲我是四子，沒見過大哥。大哥戰死在小祿（譯注：位於那霸市最南部），所以我無緣見到他，而且他一張照片也沒留下，牌位上只有一張父親畫的拙劣畫像而已，可是這個哥哥竟然會出現在夢裡，很不可思議吧？眞是奇怪。」

「那你大哥說了些什麼？」

「唉，我已經忘光了。」

沖繩仔將一塊拇指大小的脫脂棉浸入冷卻的液體，然後將針頭插入脫脂棉。隨著一陣細微的聲音，就好像嬰兒吃奶時的聲音一樣，透明的液體一點一點在細玻璃管中累積。吸完之後，沖繩仔舔舔嘴唇，輕推活塞，將針筒內的空氣排出。

「噯，交給我吧，我來幫龍打，我以前在沖繩幫好多人打過啊。」

玲子說著捲起袖子。

「不行，妳上回就搞砸了，一百塊美金立刻報銷，又不是捏野餐吃的飯糰，興奮個什麼勁啊，不像話，過來，幫忙把龍的胳臂紮一下。」

玲子噘著嘴，白了沖繩仔一眼，用皮繩將我的左臂緊緊綁住。我一握緊拳頭，粗血管便清楚浮現。用酒精擦了兩、三下之後，沖繩仔對準鼓起的血管將針頭刺入皮膚。我一鬆開拳頭，暗紅色的血便逆流進針筒裡。來啦來啦來啦，沖繩仔邊說邊緩緩推動活塞，把混合著血液的海洛因如數注入我的體內。

「剛好一人份，感覺怎麼樣？」沖繩仔笑著拔出針頭。在皮膚顫抖針頭拔出的那一瞬間，海洛因已經竄到我的指尖，沉重的衝擊直達心臟。視野彷彿罩上了白霧，連沖繩仔的臉都看不清楚。我捂著胸口站起來。想要吸氣，可是呼吸節奏已亂，無法順利吸到氣。腦袋好像被揍過一樣發麻，嘴裡乾得像要著火。玲子怕我倒下，摟住我的右肩。嚥下由乾燥的牙齦滲出的些許唾液，只覺一陣噁心彷彿從腳底往上直竄，我呻吟著往床上一倒。

擔心的玲子搖著我的肩頭。

「喂，是不是打太多啦？龍可沒打過幾次，你看，臉色發青，不會有什麼危險吧？」

「沒打多少啊，應該不會死吧，不會死的啦，玲子，快去拿臉盆來，這小子一定會吐。」

我把臉埋進枕頭。喉嚨深處乾得很，唾液卻不斷從嘴唇往外溢，每當我用舌頭去舔的時候，下腹就冒出一股強烈的吐意。

即便拚了命吸氣，也只能吸進一點點而已。而且感覺還不是從嘴巴或鼻子吸入，彷彿胸口有個洞，是從那裡漏進來的。腰部麻木到無法動彈。心臟像是被揪住似的一陣陣刺痛。太陽穴部位鼓脹的血管不規律地跳動。閉上眼睛，一種像是被吸進一個旋轉速度非常快的溫暖漩渦之中的恐懼便油然而生。彷彿全身油光滑地任人愛撫，像擱在漢堡肉上的乳酪一般逐漸融化。體內冷卻的部分與發熱的地方分離遊走，就像是試管裡裝著水和油塊一樣。熱力在腦袋、喉嚨、心臟，以及生殖器中移動。

我想喊玲子，可是喉嚨痙攣發不出聲音。我一直想討根菸來抽，所以想喊玲子。可是張開嘴巴卻只能微微震動聲帶，發出嘶啞的咻咻聲而已。從沖繩仔和玲子那邊傳來手錶的滴答聲。那規律的聲響聽起來非常悅耳。眼睛幾乎看不見。視野的右側彷彿是一片波光粼粼的水面，晃動刺眼。

想必是蠟燭吧，我正這麼想時，玲子貼近看看我的臉，抓起手腕測一下脈搏，然後對沖繩仔說：還活著哪。

我拚了命開口說話。舉起沉重如鐵的手臂碰觸玲子的肩，發出微弱的聲音說道：給我根菸。玲子將一根點好的菸塞進我被唾液濡濕的嘴唇，轉頭對沖繩仔說：「過來看看呀，龍的眼睛好嚇人哪，像個餓鬼一樣，還一直發抖，好可憐，哎呀，眼淚都流出來了。」

煙像是有了生命一樣抓撓我的肺。「這回可眞危險，嚇死人了，如果龍的體重少個十公斤的話就完蛋了。」沖繩仔伸手抬起我的下巴，看了看我的瞳孔，然後對玲子這麼說。就好像夏天躺在沙灘上透過尼龍遮陽傘看太陽似的，沖繩仔的臉在我的眼裡模糊扭曲只有輪廓。我覺得自己好像變成了一棵植物。而且是生長在日蔭處，近似灰色的葉子閉合，不會開花，只能讓絨毛包覆的孢子隨風飄散，屬於羊齒一類的安靜植物。

燈火熄滅。傳來沖繩仔和玲子相互寬衣解帶的聲音。唱機的音量變大了。「門戶合唱團」的 Soft Parade 旋律、以及夾雜其間的地毯摩擦聲、玲子壓抑的嬌喘傳到了我的耳裡。

腦海中浮現一個女人從大樓樓頂往下跳。表情因恐懼而扭曲，眼睛望著遠去的天空。手腳如游泳般舞動，掙扎想要再回到上面去。束起的頭髮在途中散開，如水草般在頭頂飄搖。逐漸放大的行道樹、車輛和行人，受到風壓而變形的口鼻，這有如在炎熱的盛夏滿身大汗所做的惡夢的影像浮現在我的腦海。從樓頂墜落的女人，像極了黑白電影的慢動作鏡頭。

玲子和沖繩仔起來互相擦拭汗水，又把蠟燭點燃。我翻身避開刺眼的光。兩人壓低了嗓門談話，我無法聽清楚。強烈的吐意伴隨著陣陣抽搐往上湧。吐意如海浪般湧來。我咬住嘴唇，抓緊床單忍耐著，當積存在腦袋裡的吐意倏地消退時，我嚐到了一陣極像是射精的快感。

「沖繩仔！你，你太過分了。」

玲子尖銳的聲音響起。同時還傳來打破玻璃杯的聲音。有個人倒在床上，床墊下沉，我的身體也隨之稍稍傾斜。另一個人，應該是沖繩仔吧，低聲罵了一句他媽的，粗暴地開門離去。風吹熄了蠟燭，傳來衝下鐵製樓梯的腳步聲。漆黑的房裡，只聽得到玲子的低聲呼吸，強忍著吐意的我，意識逐漸模糊。玲子是混血兒，一股與爛鳳梨味一模一樣的香甜氣息由她的腋下鑽入我的鼻孔。我想起一個女人的臉。那是一個外國女人的臉，許久以前，在夢境抑或電影上見到，身材苗條，手指腳趾修長，她讓襯衣緩緩由肩頭滑落，在透明玻璃的那一側淋浴，水珠順著她的尖下巴滴下，她凝視著自己映在鏡中的綠色眼珠……

在前方走著的男人回過頭來停下腳步，把菸頭扔進流著水的水溝裡。男人左手緊握著看來頗新的鋁合金腋下拐往前行，脖子淌著汗。從男人的走路姿勢看來，應該是最近才不良於行的吧。右手似乎沉重僵硬，伸直的腳尖在地上拖出一道長長的痕跡。

日正當中。玲子邊走邊脫下夾克，貼身的襯衫已經被汗水濕透了。

玲子昨晚似乎沒有睡好，很沒有精神。在一家餐館前，我提議去吃點東西，她沒吭聲，只是搖了搖頭。

「沖繩仔實在是莫名其妙，都那個時候了，也沒有電車啦。」

算了，龍，別再說了，玲子小聲說道，順手摘了一片路邊白楊樹的葉子。

「噯，這個細細一條一條的叫什麼來著？這個，龍，你知道嗎？」

被扯成一半的葉子上沾著塵土。

「不是葉脈嗎？」

「啊，對了，就是葉脈。我國中的時候參加過生物社喲，做過葉脈標本。用一種藥劑浸泡，什麼藥我忘了，然後就只剩下白色的葉脈，其他綠色的部分都被溶解掉了，只剩下葉脈之後很漂亮喲。」

拄著腋下拐的男人在公車站的候車椅坐下，看著時刻表。站牌上寫著「福生綜合醫院」。左手邊是一家大醫院，在扇形的寬敞中庭裡，十來個身穿病人服的病患，正在護士的指導下做體操。每個人的腳踝都纏著厚厚的繃帶，配合哨音運動頭頸和腰部。行經醫院玄關的人都會瞧瞧那些病患。

「我今天會去妳店裡，順便通知茂子和惠派對的事，那些傢伙，今天會去吧？」

「會啊，每天都會去，今天也會去啦。龍，我好想拿給你看哪。」

「看什麼？」

「標本呀，我收集了各種樹葉做的葉脈標本。以前那邊有很多人喜歡收集昆蟲，因爲美麗的蝴蝶比這裡多，可是呢，我都在做這種葉脈標本，還曾經獲得老師讚美唷，讓我去鹿兒島玩作爲獎勵，這些標本都還收在抽屜裡小心保存著，我想讓你看看。」

到了地鐵站，玲子把白楊樹葉往路邊一扔。月台的屋頂上閃著銀光，於是我戴上太陽眼鏡。

「已經是夏天了，好熱。」

「咦，什麼？」

「哦，我說夏天到啦。」

「夏天還要更熱呢。」

玲子直盯著鐵軌這麼說。

連坐在吧台喝葡萄酒的我都可以聽到，有人在店裡的角落嚼尼布洛藥錠（譯注：一種安眠鎮定劑）的聲音。

玲子早早打烊，將說是一雄從立川的藥局偷來的兩百顆尼布洛撒在桌上，對眾人宣佈：這是派對前夜的慶典。

隨後，她爬上吧台，邊脫絲襪邊隨著唱片的音樂起舞，靠過來摟住我，將滿是藥味的舌頭伸進我嘴裡。可是剛才吐過一堆夾雜著紅黑色的血的穢物之後，便躺在沙發上一動也不動。吉山邊攏著長髮邊和茂子聊天，下顎鬍子上的水珠也隨著震動。茂子朝我吐舌頭又擠眼。「喂，龍，好久不見啦，有沒有帶什麼禮物來啊？好比大麻脂還是什麼的？」吉山回過頭笑著問我。我雙手支在吧台上，趿著橡膠拖鞋的腳在椅子下晃蕩。菸抽得太多，舌頭發麻。

葡萄酒的酸味使得我原本就乾燥的喉嚨更加緊縮。「喂，有沒有甜一點的葡萄酒啊？」我問道。惠正在跟嗑了尼布洛一副昏昏欲睡模樣的一雄講著去秋田當裸體模特兒的事情。她拿著整瓶威士忌對著嘴灌，花生一粒接一粒扔進嘴裡嚼，一邊說著：「老娘竟然被綁在舞台上耶，這工作還真不是人幹的，一雄我跟你說，用的是很粗糙的繩子耶，綁起來耶，不覺得很要命嗎？」可是一雄根本充耳不聞。他拿著照相機，號稱比他的性命還寶貴的尼康瑪特（譯注：Nikomat，尼康公司早期的一款相機），透過觀景窗朝著我瞄。「怎麼這樣啊，人家跟你講話一定要專心聽啊。」惠說著朝一雄背上推了一把，一雄跌倒在地。「搞什麼，別亂來啊，眞是的，萬一弄壞了怎麼辦？」惠哼哼笑了笑，脫光了上身，不論逮著了哪個就跟對方跳三貼、舌吻。

昨天的海洛因令我依然渾身倦怠，不想嗑尼布洛。「嗳，龍，要不要去廁所？剛才被吉山一摸，我都濕了耶。」茂子湊過來對我說。她穿著紅色天鵝絨洋裝，戴著配套的帽子，眼圈搽了厚厚的紅粉。「龍，還記得你在 Soul Eat 的廁所裡上過我的事情吧？」茂子兩眼水汪汪，視線沒有焦點。唇間可見舌尖，嗲聲嗲氣地說著。「嗳，還記得吧？你竟然漫天扯謊說條子來臨檢，結果在那狹小的廁所裡要我用奇怪的姿勢配合，難道都忘了嗎？」

「耶，這我還是第一次聽說，龍，眞有這回事啊？原來你也是個色胚啊，瞧你一副小玻璃樣，竟然也會幹這種事，可讓我開了眼啦。」吉山邊放下唱針，邊大聲這麼說。「妳說什麼啊，茂子，少在那裡胡扯八道了。全都是瞎說的啦，吉山。」我如此回答。米克・傑格以非常大的音量開始唱歌。一首有相當年份的歌曲，〈Time is on My Side〉。茂子一隻腳擱在我的大腿上，大著舌頭說道：「討厭，別想賴啊，龍，不可以說謊哪，那回我可是連來了四次，四次耶，怎麼忘得了啊。」

臉色蒼白的玲子站了起來，喃喃自語：「現在幾點了，幾點啦？」並搖搖晃晃走進吧台裡，從惠的手中拿過威士忌，一灌進喉嚨又開始猛咳。「幹什麼啊，玲子，妳還是乖乖躺著去吧。」惠說著一把奪回酒瓶，用手擦掉瓶口上玲子的口水，又喝了少許。被惠當胸推了一把的玲子碰到沙發又倒下，對我說道：「嗳，別開這麼大聲，太吵了可不行，樓上的麻將館挺囉嗦，我會挨罵的。那個陰險的傢伙搞不好還會打電話報警，幫我關小聲一點可以嘛？」

我蹲在擴大機前面調低音量時，茂子怪叫一聲騎到我的身上。冰冷的大腿夾著我的脖子，背後傳來吉山的聲音。「幹嘛呀，茂子，那麼想和龍做啊？讓我來吧，我不行嗎？」大腿被我用力一掐，茂子尖叫一聲摔倒在地。「混蛋，變態，龍你是個混蛋，搞了半天原來你陽痿啊，陽痿對吧，聽說你和黑鬼搞同性戀喔，八成是嗑藥嗑太多啦。」茂子似乎是懶得爬起來，躺在地上，笑著踢飛高跟鞋蹬我的腿。

玲子把臉埋在沙發，小聲說道：「啊啊好想死哪，胸口好痛，哎胸口好痛啊，眞想死啊。」正在看「滾石合唱團」唱片封套的惠抬起頭，看著玲子說道：「那妳幹嘛不去死？龍，我說得沒錯吧？你不覺得嗎？想死的人就去死好了，少囉哩囉嗦的，就去死嘛，像個傻子一樣，玲子妳還不就是撒嬌嘛。」

一雄在尼康瑪特上裝了閃光燈對著惠拍照。閃光燈的亮光令癱在地上的茂子抬起頭來。「喂，一雄，別拍啦，沒經過同意不能隨便拍照啦。老娘我可是收費的職業模特兒喔，什麼？那種閃光的玩意兒，多掃興啊，老娘我最討厭拍照了，別再玩那個一閃一閃的玩意兒了，你就是因爲這樣才沒女人緣。」

玲子痛苦地呻吟，身體半躺著，嘴角冒出一坨黏糊糊的穢物。惠連忙趕過去鋪了報紙，用毛巾爲玲子擦嘴並幫忙拍背。穢物之中夾雜著許多飯粒，應該是我們晚餐一同吃的炒飯吧。報紙上的淺褐色穢物映著天花板上的紅色燈光。玲子閉著眼睛直嘟噥，好想回家啊，我想回去，好想回家啊。吉山攙起躺在地上的茂子，邊解開她洋裝胸前的釦子，邊隨口附和玲子的自言自語，這個主意不錯，未來的沖繩哪，一定棒透啦。茂子推開吉山企圖摸自己乳房的手，抱住一雄，又嗲聲嗲氣地嚷著要拍照。「我上了《安安》（anan）喲，是這一期的模特兒，還是彩頁的喲，嗳，龍，你看到了吧？」

惠將被玲子的口水弄髒的手指在斜紋布長褲上擦了擦，換了一張唱片放下唱針。「It's a Beautiful Day」。玲子在撒嬌啦。一雄雙腿大開躺在沙發上，胡亂按著快門。閃光燈亮個不停，我只得一再遮住眼睛。喂，一雄，別亂拍了，電池要沒電啦。

想與惠舌吻的吉山遭到拒絕。「怎麼搞的？妳不是從昨天就一直嚷著欲求不滿嗎？在餵貓的時候，不是還對小黑說，妳和牠一樣都想要男人嗎？連親個嘴都不行啊？」

惠不理睬，自顧喝著威士忌。

茂子在一雄面前變換各種姿勢。搔首弄姿做出笑容。嘿，等一下即使我說cheese，妳也不要笑啊，茂子。

惠破口大罵吉山。

「煩死啦，別一直纏著老娘，看到你這張臉就覺得煩，剛才你吃的炸豬排，可是來自秋田農民的錢哪，是農民用黝黑的手給我的一千圓啊，你知道嗎？」

茂子看著我，伸著舌頭。

龍你最討厭了啦，變態的混蛋！

我想喝冰水，拿起冰錐鑿冰塊，不小心戳到了手指。不理會吉山逕自在吧台上跳舞的惠跳下來，對我說：「龍，你現在不玩樂器啦？」並且爲我邊舔去從小傷口冒出的血。

沙發上的玲子撐起身子，央求道：「噯，拜託拜託，把唱片的音量調小一點啊。」可是，沒有任何人走向擴大機。

洋裝前胸敞開的茂子走近用紙巾壓住手指傷口的我，笑著問：「龍，你從那些黑鬼身上撈到多少？」

「妳是指什麼？派對的事情嗎？」

「是說把我和惠送去給黑鬼搞，能從他們那裡拿到多少啊？我只是隨便問問，沒別的意思啊。」

坐在吧台的惠對茂子說道：「茂子，妳夠了吧，竟然說這種掃興的話，眞想撈錢的話就介紹更正的馬子去啦。搞派對可不是爲了錢，是爲了找樂子唷。」

茂子撩撥著我胸前的金鍊子，嘻皮笑臉問道：「這也是從黑鬼那兒弄來的吧？」

「媽的，這是我高中的時候同班的女同學送的啦。她過生日的時候，爲她表演〈The Shadow of Your Smile〉（譯注：電影「春風無限恨（The Sandpiper）」的主題曲），在感動之餘送給我的，人家是大木材商家的千金，有錢得很。話說回來，茂子，到時候可別隨便什麼黑鬼長黑鬼短的，搞不好要了妳的小命，黑這個字那些傢伙還聽得懂。妳要是有意見的話可以不去啊，對吧，惠，想要參加派對的女孩子多的是哩。」

茂子看了口含威士忌的惠一眼，「哎呀，別生氣嘛，只是說著玩而已嘛。」說著一把抱住我。

「去啦去啦，那還用說，我當然去啊，黑鬼那麼夠力，又有大麻脂不是？」說著，將舌頭伸進我的嘴裡。一雄將尼康瑪特靠了過來，近到幾乎碰到我的鼻尖，「別拍！一雄。」幾乎就在我叫嚷的同時，他按下了快門。彷彿腦袋被人狠狠揍了一拳似的，眼前一片花白，什麼也看不見。茂子樂得拍手咯咯大笑。我搖搖晃晃倚著吧台差點倒地，惠扶住我，把口中的威士忌渡進我的嘴裡。惠塗了帶著油味黏糊糊的口紅。混雜著口紅味的威士忌燒灼我的喉嚨流進肚子裡。

「媽的混蛋！搞什麼，還不快停！」吉山把正在翻閱的《少年漫畫雜誌》往地上一摔，大聲嚷嚷起來，「惠，跟龍妳就願意舌吻？」他邁開步子，可是一個踉蹌撞翻了桌子，玻璃杯嘩啦摔碎，啤酒噴著泡沫和花生一起掉落地上。這聲音吵得玲子搖著頭站起來，喊道：「你們都給我出去！出去！」我揉著太陽穴，含了塊冰，走到玲子身旁。「玲子妳別擔心，等會兒我負責收拾乾淨，放心吧。」我說道。「這是我的店啊，叫他們全都走啊。噯，龍，你可以留下來，叫他們全都走啊。」玲子說著握住我的手。

吉山和惠怒目相視。

「跟龍妳就願意舌吻？」

「什麼？」

旁邊的一雄緊張兮兮地對吉山解釋。吉山，都是我的錯，你誤會了，是我用閃光燈這麼一喀嚓害龍摔倒，惠只是給他喝點威士忌當作提神藥而已啦。閃一邊去！吉山說著將一雄推開，尼康瑪特差點脫手落地。呿，搞什麼啊，一雄說著嘖了嘖。茂子抓住一雄的手腕，低聲說道：「好了，別鬧啦。」

「怎麼，你吃醋啦？」惠說道，腳上的涼鞋弄得啪噠啪噠作響。眼睛哭腫了的玲子拉拉我的衣袖，「噯，幫我弄一點冰塊。」我用紙巾包了些冰塊敷在她的太陽穴部位。一雄對著杵在那裡瞪著惠的吉山摁下快門，差一點又要挨揍。茂子大笑。

一雄和茂子表示要回去了。「我們打算先去洗個澡。」

「喂，茂子，把胸前的釦子扣好啊，不然小流氓可要纏上妳啦，明天一點鐘在高圓寺的收票口見，別遲到啊。」茂子笑著回答：「知道啦，變態，怎麼可能忘記呢。我還會精心打扮喔。」一雄單跪在馬路上，朝我們又摁了快門。

一個邊走邊唱歌的醉漢轉頭對著閃光燈不知說了些什麼。

玲子的身子不停微微發抖。紙巾包著的冰塊掉落地上，差不多全都融化了。

「老娘我現在的心情，跟你吉山一點關係也沒有，完全沒有。也沒有那種非跟你上床不可的道理吧？」

惠朝上空噴了口煙，慢條斯理跟吉山說著。

「反正你就別一直抱怨了，如果抱怨是暗示要分手的話，老娘我也沒意見，或許你覺得為難，老娘我可是無所謂。總之再來一杯吧，怎麼樣？這可是派對前夜的慶典哪，對吧？龍。」

我坐在玲子身旁。手一碰到她的脖頸兒，身子就打了個顫，嘴角不住淌出帶有難聞氣味的唾液。

「惠，別老說什麼老娘老娘的，多粗俗啊。好吧好吧，我明天起就去工作，這總行了吧？」

吉山對坐在吧台上的惠這麼說。「怎麼樣？我去賺錢，這總行了吧？」

「真的啊，要去工作啦，那老娘我可以輕鬆一下了。」惠說著晃動雙腳。

「妳要到外面劈腿也沒關係，可是妳一直說老娘我什麼的，一副焦躁不安的樣子。我認為這絕對是欲求不滿，要不然我就再去橫濱當碼頭工人，怎麼樣？」

吉山抓著惠的大腿這麼說。惠穿著緊身長褲，皮帶勒在稍微有些鬆弛的肚子肉上面。

「你在說什麼哪？不要胡說八道，羞不羞啊，你看，連龍都在一旁偷笑啦，淨說些莫名其妙的話，老娘就是老娘，我偏要說啦。」

「別再講什麼老娘啦！眞是的，什麼時候學會這麼說話了。」

惠把菸扔進洗碗槽，拿起脫掉的襯衫邊穿邊對吉山說：

「這是來自我老媽的，我老媽總是自稱老娘的啊，難道你不知道？記得你去過我家的嘛，不是有個婦人啃著煎餅跟貓一起烘著被爐嗎？那就是我老媽，她說到自己總是自稱老娘，你沒發現嗎？」

吉山低著頭，「龍，給我根菸。」我扔了一根過去，掉在地上。他趕緊撿起來，將濕了少許的 KOOL 菸銜在嘴裡點了火，靜靜地說道：「惠，回去了吧。」

「你自己回去吧，老娘不回去。」

我邊幫玲子擦嘴，邊問吉山：「明天的派對你不去嗎？」

「沒關係啦，龍，別理他，反正這傢伙說要去工作，工作是好事啊。吉山不去應該也不會有什麼影響吧？吉山你還是快點回家去，早睡才能早起啊。明天是去橫濱對吧？得趕早喔。」

「喂，吉山，你眞的不打算去嗎？」

吉山沒有回答，朝角落走去，準備將「Left Alone」的唱片放上空轉的唱盤。當吉山正從印著有如幽靈的比莉・哈樂黛像的唱片封套中取出唱片時，惠從吧台下來，在他耳邊說道：「放『滾石合唱團』吧。」

「少來了惠，別和我說話。」

吉山叼著菸看著惠。

「太遜了吧，又要聽那種沒勁兒的鋼琴啊，老掉牙啦，那根本就是黑人的浪花曲嘛。噯，龍，你也表示一下意見嘛，這可是『滾石合唱團』的最新專輯，『Sticky Fingers』，還沒聽過吧？」

吉山一言不發，將梅爾・華諄（Mal Waldron）放到唱盤上。

「惠，已經太晚了，玲子不是交代過音量不要開得太大嗎？再說聽『滾石合唱團』聲音小了也沒意思對吧？」

惠扣好襯衫的釦子，邊對著鏡子整理頭髮邊問：「明天怎麼約？」

「一點，在高圓寺的收票口。」

惠邊塗口紅邊點了點頭。

「吉山，我今天不回公寓了，要去暹邏仔那兒，記得給貓餵牛奶啊，是架子上的牛奶，不是放在冰箱裡的，別弄錯了。」

吉山沒答腔。

惠一打開門，外面濕冷的空氣便流了進來。「啊，惠，門就開著吧。」

聽著「Left Alone」，吉山倒了一杯琴酒。我撿拾散落地上的碎玻璃，一一扔在玲子嘔吐時鋪的報紙上。「說來很丟臉，最近她老是這個樣子。」吉山愣愣地望著天花板低聲說道。

「接秋田的工作之前也是這樣，晚上兩個人也都分開睡，明明我根本就沒亂搞。」

我從冰箱裡拿了瓶可樂來喝。吉山搖搖手表示不要，一口氣喝乾了琴酒。

「她一直想去夏威夷，很久以前不是聽說過，她老爸可能在夏威夷嗎？

我呀，打算存錢供她去一趟，老實說，天知道夏威夷的那傢伙是不是她老爸。

「原本打算工作存錢，可是什麼都搞得亂七八糟，我根本不知道她心裡在想什麼，反正每天都是這副德行。」

吉山說完之後捂著胸口站起來，三步併作兩步跑到外面。傳來他對著水溝嘔吐的聲音。玲子眞的睡著了，正張著嘴呼吸。我走進用簾子隔開的儲藏室找了條毛毯給她蓋上。

吉山捂著肚子回來，用袖口擦著嘴。橡膠拖鞋的前端也沾著黃色的穢物，身上發出一股酸味。玲子發出輕微的寢息。

「吉山，明天的派對啊，還是一起去吧。」

「哦，惠是非常期待啦，直說想再跟黑鬼爽一下，我無所謂。」

「倒是玲子今天怎麼了？火氣這麼大。」

我在吉山對面坐下，喝了一口琴酒。

「昨天在我那兒和沖繩仔吵了一架，因爲玲子打管不順利。

「可能是太胖找不到血管吧，沖繩仔不耐煩，就自己全打了，連玲子那一份也都打了。」

「這兩個人簡直是白癡嘛，可是龍你不也在場？就傻傻的在旁邊看喔？」

「怎麼可能，我先打，結果整個人癱在床上，以爲自己會就這樣死掉。眞恐怖，打的量太多了，眞是恐怖啊。」

吉山把兩顆尼布洛溶入琴酒中喝了。

我覺得餓，卻沒有什麼食慾，只想喝點味噌湯。打開瓦斯爐上的鍋子一瞧，裡面長了一層灰色的黴，豆腐已經腐爛變得黏糊糊的了。

吉山說想喝多加些牛奶的咖啡，我忍耐著味噌湯噁心的味道，將咖啡壺的咖啡拿去加熱。

將牛奶加至咖啡杯滿到杯口，雙手小心捧著送到嘴邊，吉山嚷了一聲「好燙」，隨即噘著嘴，將肚子裡的穢物像是水槍一樣唏哩嘩啦噴到了吧台上。

「媽的，我看還是喝酒得了。」說著把玻璃杯中剩餘的琴酒一口氣喝乾，引起一陣輕咳，我幫他拍拍背。「你還眞體貼啊。」他回過頭歪著嘴說道。吉山的背上濕黏冰涼，還有股酸味。

「後來我回了富山一趟，應該聽玲子說過吧？上回去找你之後，我老媽去世了，聽說了吧？」

我點點頭。吉山又倒滿一杯琴酒。過甜的咖啡令我乾澀的舌頭更加麻木。

「實際面對死亡，感覺可眞是奇怪，我還是第一次經歷這種事情。龍，你的家人身體都好嗎？」

「都好，他們一直擔心我，常寫信來。」

「Left Alone」的最後一首結束，唱片仍在轉，發出布帛撕裂的聲音。

「哎，那時候，惠要我帶著她，一起回富山去，說不願意自己一個人留在家裡。那種心情你應該也可以體會吧？我們去住旅館，不含餐，光是住宿就要兩千圓哩，眞是貴哪。」

我關掉音響。玲子的腳露出毛毯外，腳底髒兮兮的。

「出殯那天，惠打電話來說很寂寞，要我過去陪她，我說走不開，她就嚷著說要自殺，我急了，只好去旅館。那三坪大小的髒亂房間裡，壁龕處有個老舊的收音機，她正在聽廣播節目，還抱怨那一帶收不到ＦＥＮ（譯注：Far East Network，極東放送網），富山怎麼可能收得到美軍電台的節目嘛。接著她問起我老媽的種種，淨是些無聊的問題。一臉硬擠出來的古怪笑容，看了很不舒服，眞的。問什麼我老媽去世的時候臉上是什麼表情，入殮的時候是否化了妝，諸如此類的問題。我回說啊，有化妝，她又問用什麼牌子的化妝品，是蜜絲佛陀？露華濃？還是佳麗寶？我說這種事情我哪知道啊，她就抽抽噎噎哭了起來，邊哭邊說她好寂寞。」

「不過，我似乎能夠理解她的心情，那種日子一個人在旅館等候，當然會覺得寂寞啦。」

砂糖沉在咖啡杯底，我沒留心一口喝進嘴裡。砂糖像是一張薄膜似的糊在嘴裡令我作嘔。

「我也能夠理解呀。但是理解歸理解，那天可是我老媽出殯的日子啊。她邊哭邊嘟囔，然後，竟然從壁櫥裡拿出被褥還脫得一絲不掛。我才剛辭別去世的老媽，怎麼可能立刻就跟赤裸的混血女孩親熱嘛。這實在是，龍，你明白吧？雖然說當時親熱一下也不錯，可實在是，實在是有點那個。」

「結果什麼也沒做吧？」

「不可能做的吧。惠哭哭啼啼的，害我越來越覺得難爲情，對了，你看過電視連續劇吧，TBS還是什麼台播的，感覺就好像在演連續劇一樣，一方面又擔心隔壁房的人聽見，眞的是非常難爲情。實在搞不懂，惠當時在想什麼，好像就是自從那以後吧。」

店裡只剩玲子沉睡的呼吸聲。沾了許多灰塵的毛毯隨著呼吸上下起伏。偶爾有路過的醉漢從敞開的大門朝裡面張望。

「好像就是自從那以後，我們的關係就不太對勁了。唔，雖然以前也經常吵架，可是怎麼說呢，這回的氣氛跟以前不大一樣。就是覺得，覺得不一樣了。

「去夏威夷的事情也是老早就知道，而且一直是兩個人一起計畫的，可是今天的狀況你不也看到了？

「我說啊，女人可不好搞，不如去洗土耳其浴比較省事。」

「你的母親，是因病去世嗎？」

「要說因病嘛也算是吧，身體整個垮了。日積月累之下已經疲勞到了極限，去世的時候，身體比以前瘦小非常多。哎，我老媽眞可憐，雖然說感覺好像別人的事情一樣，可是眞的覺得很可憐。

「富山的行腳藥販，你知道嗎？我老媽做的就是那個。我小時候經常跟著到處走喲，從早到晚背著跟冰箱一樣大的行囊四處走。全國各地都有她的主顧哩，你知道嗎？那種當作贈品的紙氣球，吹氣就會脹起來的那種玩具，知道嗎？小時候我經常玩那個。

「現在回想起來實在是不可思議，那種東西我竟然可以玩上一整天。現在肯定馬上就覺得無聊了吧，不過當時那樣想必也覺得很無聊，因爲根本沒有什麼有趣的回憶。有一回我在旅館等老媽回來，房間裡的燈泡壞了，可是直到太陽下山天黑之後我才發現。我自然是不敢去跟旅館的人講，因爲我連小學都還沒上，很害怕。我窩在房間的角落，望著窗外透進來的微弱街道燈光，這件事我一直難以忘懷。好可怕啊，那是個街道狹小，瀰漫著魚腥味的城鎮。咦，那是什麼地方來著，整個城鎮都是魚腥味，到底是哪裡呢？」

遠處傳來汽車駛過的聲音。玲子偶爾發出幾聲夢囈。吉山再次出去外面。我也跟著出去，兩個人一起對著水溝嘔吐。我左手扶著牆，右手探進喉嚨深處，腹部肌肉立刻痙攣，一股溫熱的液體隨之而出。胸部和腹部每次起伏，酸物便湧上喉頭和嘴裡，舌頭後縮牙齦一麻，就嘩啦嘩啦落入了水中。

走回店裡的途中，吉山說道：

「嘿，龍，這麼一吐之後，不是會覺得身體裡面亂成了一團勉強才能夠搖搖晃晃站著嗎？就連眼睛都看不太清楚，可是偏偏就這種時候最想要女人了。雖然說有了女人也硬不起來，而且就連分開她的一雙腿都嫌麻煩，但就是想要女人。不光是老二或者腦袋想要，身體的最最內部更是搔癢難當，你呢？我所說的，你能理解吧？」

「嗯啊，是說除了想睡女人之外，更想殺了她對吧？」

「沒錯沒錯就是這樣，去找個銀座街頭常見的那種女人，使勁掐住她的脖子，扒光衣服，然後找個棒子什麼的捅她的屁眼。」

回到店裡，玲子正從廁所出來，一副沒睡醒的模樣，迷迷糊糊說道：

「嗨，歡迎光臨。」寬管褲的前面敞開著，內褲勒在腰間。

見她踉踉蹌蹌，我趕上前去扶住她。

「龍，謝謝，現在可安靜啦。嗳，幫我倒杯水，喉嚨好乾，要水喔。」玲子垂著頭這麼說。當我鑿著冰塊時，吉山正在扒光重新倒在沙發上的玲子。

尼康瑪特的鏡頭裡映出縮小了的陰霾的天空和太陽。我向後退想讓臉部入鏡時，和姍姍來遲的惠撞個正著。

「龍，你在幹嘛哪？」

「搞什麼啊，最晚的就是妳，說好不准遲到的啊。」

「有個老頭在公車上吐痰，司機氣得罵人，還特地停下車，兩個人吵得面紅耳赤，這麼大熱天的，其他人呢？」

吉山一副睡眠不足的模樣坐在路邊，惠笑著對他說道：「喲，吉山，你今天不是要去橫濱的嗎？」

玲子和茂子終於從車站前的服飾店走了出來。路人紛紛對玲子行注目禮。玲子穿著剛買的印度女裝。紅色絲綢上綴滿圓形小亮片，長度直達腳踝的印度女裝。

「又買了這麼招搖的新衣服啊。」一雄笑著將尼康瑪特朝向玲子。

惠靠過來對我咬耳朵。渾身一股衝鼻的香水味。「噯，龍，玲子眞是沒有自知之明，那麼胖，竟然還買那種衣服。」

「沒什麼不好的嘛，應該是想要轉換一下心情吧，很快就會膩了，到時候妳就可以接收啦，妳穿一定很好看。」

玲子四下看了看，小聲對我們說：

「剛才嚇死我了，茂子竟敢當著店員的面下手，而且還是一股腦兒全塞進皮包裡。」

「幹什麼啊，茂子，又偷東西啦？嗑藥了是吧？不自制的話到時候可要倒楣。」

被公車廢氣熏得皺起眉頭的吉山這麼說。茂子把手腕伸到我的面前。

「很好聞吧？是迪奧的唷。」

「管他什麼迪奥不迪奥，以後別再這麼明目張膽偷東西了，免得大家都跟著遭殃。」

趁吉山和一雄去買漢堡的空檔，三個女人互相交換著化妝品，倚著收票口的欄杆，開始在臉上塗塗抹抹。嘟起嘴瞅著粉盒的鏡子。來往的行人都用異樣的眼光打量她們。

一個年長的站務員笑問玲子：

「小姐打扮得這麼美，要上哪兒啊？」

玲子仔細畫著眉，邊回答剪著車票的站務員：

「派對，我們要去參加派對喲。」

奧斯卡的房間中央擺了個香爐，裡頭燃著一塊拳頭大小的大麻脂，每一次呼吸，瀰漫的煙霧都不容分說進入肺裡。不到三十秒的工夫，人就進入了酩酊狀態。會陷入一種錯覺，彷彿五臟六腑都融化並從周身的毛孔鑽出來，別人的汗水與呼出的氣息則取而代之進入自己體內。

尤其是下半身，彷彿沉入淤滯的泥沼般發爛，心癢難搔，想要咂別人的器官，吸吮別人的體液。在吃著盤裡的水果喝著葡萄酒之際，整個房間逐漸熱氣升騰，讓人想要剝了自己的皮。渴望黑人油光亮的肉體進入自己體內搖動。點綴著櫻桃的乳酪派，在黑色的手掌中滾動的葡萄，冒著熱氣、偶爾還會抽動一下的燙熟蟹腳，清澄的淡紫色美國產甜葡萄酒，滿是顆粒看起來好像死人手指的醃黃瓜，有如女人唇舌一般疊置的麵包與培根，淋在生菜上面的粉紅色沙拉醬。

惠將鮑伯的巨大陽具深深含入口中直達喉嚨。

來量一下看誰的最大喲！

惠像條母狗似的在地毯上爬來爬去，把每個人的都咂一咂。

查出是個叫做三郎的黑人和日本人的混血兒那話兒最大之後，惠將空苦艾酒瓶裡的波斯菊插入他的馬眼作爲紀念。

龍，有你的兩倍大耶。

三郎像印地安人一樣仰天狂叫，惠又用牙齒咬著將波斯菊拔出，爬上桌子如西班牙舞者般扭動臀部。天花板上的藍色閃燈不住旋轉閃爍。隨著路易斯・龐華（Luiz Bonfa）輕快的森巴，因爲濡濕的波斯菊而燃起慾火的惠瘋狂地抖動身體。

「誰要上我呀，快點來嘛。」惠用英語叫著，好幾條黑胳膊伸過去將她拉倒在沙發上，遭撕破的襯衣化爲黑色的半透明小布片，在空中飛舞落下。

「噯，好像蝴蝶呀。」玲子說著拾起了一片。她正在杜漢的陽具上抹奶油。鮑伯衝著惠的雙腿之間大叫一聲將手伸了進去，屋裡頓時迴盪著尖叫和放浪的笑聲。

我望著分散在房間各處扭動軀體的三個日本女人，邊喝薄荷酒，邊吃塗了蜂蜜的蘇打餅乾。

黑人的陽具長，因此看起來顯得細。即使達到最大勃起程度的時候，玲子一拗仍然會呈現相當程度的彎曲。杜漢兩腳一抖突然射精，弄得玲子一臉濕滑的黏液，眾人見狀大笑。玲子笑著猛眨眼，正找尋可以擦臉的紙時，被三郎輕輕抱起，像給小孩把尿一樣分開雙腿，抱著讓玲子騎在自己的腹部。巨大的左手抓著玲子的脖子，右手抓住雙腳的腳踝，體重全都加諸於性器上。玲子痛得直叫嚷，雙手亂揮試圖掙脫三郎的掌控，可是無濟於事。她的臉色越來越白。

三郎像是在磨蹭陽具一般雙腿忽而屈起忽而張開伸直，然後自己靠在沙發上幾乎呈仰臥，以玲子的屁股為支點開始旋轉她的身體。

轉第一圈時，玲子全身痙攣，因為恐懼而大叫。她瞪大了眼睛捂著耳朵，像恐怖片裡的主角一樣發出慘叫。

三郎用如同非洲原住民作戰時喊叫的聲音笑著，並且用日語對滿臉痛苦雙手抓撓胸部的玲子說道：「哭吧再哭大聲點。」同時加快了旋轉的速度。不論正吸著茂子乳房的奧斯卡，用冷毛巾敷著疲軟陽具的杜漢，尙未脫光的傑克遜，或者騎在惠身上的鮑伯，全都望向轉個不停的玲子。「老天，這未免太屌了！」鮑伯和杜漢說著過去幫忙轉動玲子。鮑伯抓腳，杜漢扶著腦袋，將玲子的屁股用力往三郎身上壓，同時以比之前更快的速度轉動她。三郎露出一口白牙笑著，雙手枕在腦後，身子向上拱，讓陽具更往上頂。玲子像是身上著了火似的開始號啕大哭。咬自己的手指揪著頭髮，淚水在流到臉頰之前就因爲離心力而飛向空中。眾人也笑得越來越厲害。惠抓著培根配葡萄酒，茂子用那鮮紅的指甲用力掐捏奧斯卡長了硬毛的大屁股。腳趾翹起、曲屈、不住微微顫抖。玲子的性器由於激烈摩擦而發紅擴張、並因沾滿黏液而發亮。三郎喘著大氣，旋轉的速度減緩，配合著路易斯・龐華「黑人奧菲鄔」（Black Orpheus）的旋律。我將唱片的音量調小，跟著唱了起來。惠舔我的腳趾，害我一直笑著在地毯上爬。玲子哭個不停，杜漢射在她臉上的精液已經乾了。手指上的牙印滲著血，腹底不時發出類似獅子的聲音，「啊啊，老子快出來了，把這女人給我弄走。」三郎用日語說道，一把將玲子推到一旁，「閃一邊去，臭豬頭！」玲子好像要抱住三郎的腿一樣往前撲倒。這時一股液體向上噴射而後落在她的背和臀部，而且就留在那裡沒有流掉。玲子嚇了一跳，腹部一顫尿了出來，正準備往乳頭上抹蜂蜜的惠連忙抓了報紙塞到玲子的屁股下面。「哎呀，多丟人哪。」惠說著拍拍玲子的屁股放聲大笑。她扭著腰在房裡轉來轉去，碰到有意思的對象就讓對方的手指、陽具或舌頭進入自己體內。

我一直思索著自己究竟身在何處。拿起散落在桌上的葡萄放進嘴裡。用舌頭俐落地去皮正要將籽吐到盤子裡時，感覺似乎碰到了哪個女人的私處，一看，只見惠跨騎過來衝著我笑。傑克遜迷迷糊糊站起來脫掉了制服。捻熄手中細長的涼菸，朝正在奧斯卡身上扭動的茂子走去。將褐色小瓶裡味道濃郁的香水啪答啪答滴在茂子屁股上，並對我喊道：「龍，幫忙把我上衣口袋裡那條白色軟膏拿來。」奧斯卡固定住茂子的手，傑克遜給她抹上膚潤康，令她大叫。討厭啦，涼死了。傑克遜抓著茂子的屁股抬高，在自己那話兒的前端也抹上膚潤康之後開始抽插起來。茂子弓著背嚎叫，惠見狀嚷了聲：「哇，眞有趣。」並靠上前去，揪住正哭著翹起屁股的茂子的頭髮，直盯著她的臉，「等一下幫妳抹曼秀雷敦喲，茂子。」惠說著與奧斯卡舌吻一番再次大笑。我用傻瓜相機對著茂子扭曲的臉拍了張特寫。彷彿做最後衝刺的田徑選手一樣歙動著鼻翼。玲子終於睜開了眼睛。發覺身上黏糊糊的，便朝浴室走去。張著嘴巴，雙眼無神，踉踉蹌蹌走沒幾步就摔倒在地。我過去準備扶她起來手剛搭上她的肩，她便靠過來說道：「啊，龍幫我一把。」玲子身上發出一股怪味，令我衝進廁所嘔吐。坐在瓷磚地上淋浴的玲子紅著一雙眼，視線不知落在何處。

「玲子妳這傻瓜，要淹死啦。」惠說著關了水，把手伸到玲子的胯下，見玲子嚇得跳起來，樂得咯咯大笑。「啊，原來是妳呀，惠。」玲子說著抱住惠，兩人四唇相疊。惠朝坐在馬桶上的我招招手。「噯，涼涼的好舒服喲，龍。」我覺得身體表面逐漸冷卻，裡面卻越來越熱。「你的好可愛喔。」惠說著將我的含住，玲子則抓住我的濕髮，像嬰兒渴望乳頭一樣尋到我的舌頭用力吸吮著。惠扶著牆翹起屁股，將我納入那淋浴後洗淨愛液的乾澀小穴。汗水從指尖滴落的鮑伯進了浴室，罵道：「龍你這混蛋，女人都不夠了，你卻一個人佔了兩個！」

他拍拍我的臉頰，把身上濕漉漉的我們全都拽進房裡推倒在地。我的陽具仍然插在惠體內，摔倒時一扭，疼得我哎哎叫。玲子像個橄欖球一樣被扔上床，鮑伯跟著跳上去騎在她身上。玲子嚷著一些莫名其妙的話並試圖反抗，但手腳被三郎按住，嘴裡還被塞了一塊乳酪派，令她喉頭直抖差點喘不過氣來。唱片換成了「奧西比薩」（Osibisa），茂子繃著臉擦拭屁股。「看你多過分。」茂子將沾有淡淡血跡的紙給傑克遜看，低聲這麼說。「喂，玲子，那個乳酪派很好吃吧？」趴在桌上的惠問道。「哦，肚子裡一直有什麼東西在作怪，好像吞了條活魚似的。」玲子這麼說。我爬上床打算給她拍張照片，卻被鮑伯齜牙咧嘴推了下去。跌到地上的我正好撞到茂子。「龍，那傢伙好討厭，把人家都插破了。他是同志吧？」茂子正在奧斯卡身上，奧斯卡則是邊啃雞邊搖著茂子。茂子又哭了起來。

「茂子，妳還好吧？會不會痛？」我問道。「都沒有感覺了啦，龍，沒有感覺了。」

茂子的身體隨「奧西比薩」的音樂被搖晃著。惠坐在傑克遜的大腿上，邊喝葡萄酒邊不知講著什麼。傑克遜拿著培根抹惠的身體然後又灑上香草精。有人用沙啞的聲音喊著，Ooh Baby。紅色地毯上散落著亂七八糟的東西。內褲、菸灰、麵包屑、番茄和萵苣屑、各色的體毛、沾有血跡的紙、平底杯、酒瓶、葡萄皮、火柴、沾了髒東西的櫻桃。茂子搖搖晃晃站了起來，「啊啊，肚子餓扁啦。」語畢摸著屁股走到桌邊。傑克遜蹲下來爲她貼上OK繃，還送上一吻。

臉貼在桌上，像是快要餓死的小鬼一樣啃著螃蟹。茂子喘著氣弄破蟹殼。一根探至眼前的黑陽具，茂子也二話不說照樣含入口中，用舌頭撫弄一番之後又轉向螃蟹。用牙齒喀啦喀啦咬碎紅色蟹殼用手取出白色蟹肉。放入碟中蘸滿粉紅色沙拉醬之後放在舌頭上，也不管醬汁瀝瀝拉拉滴到了胸口。螃蟹的味道在屋裡飄散開來。玲子還在床上叫著。杜漢從茂子身後往上頂。

仍然拿著螃蟹的她，屁股被頂了起來，正準備喝的葡萄酒因爲身體搖動而灌進鼻子，嗆得她眼淚直流。惠見狀大笑。屋裡響起詹姆斯・布朗的歌聲。玲子爬到桌邊，一氣乾了一杯薄荷酒，大喊：「好喝！」

「說過多少次了，別跟傑克遜走得太近，那傢伙被憲兵盯上了，早晚會被逮。」

莉莉關掉電視說道，畫面中唱歌的年輕男子也隨之消失。

差不多該散場啦，奧斯卡說著打開陽台門，竄入足以刺痛傷口的冷風，使我憶起那彷彿會令心臟爲之凍結的，清新的風。

正當眾人筋疲力竭仍然赤身裸體時，鮑伯的馬子多美闖了進來，見狀便搥打鮑伯，並且與上前勸阻的惠大打出手。多美的哥哥是個頗有來頭的黑社會人物，多美想衝去事務所找哥哥，無可奈何，只好帶她來到莉莉這裡。因爲曾經聽說莉莉跟她是朋友，或許可以居間調解。直到剛才，多美都還坐在那邊的沙發上嚷著要殺人。她的側腹留有惠用指甲抓傷的痕跡。

「說過多少次了，不要把不清楚橫田狀況的小太妹帶來呀。要是我不在的話怎麼辦？龍，到時候你也不可能沒有事情，多美的哥哥可不好惹啊。」

她拿起漂著檸檬片的可樂喝了一口之後遞給我。梳好頭髮，換上黑色晨褸。刷牙的時候一副焦躁不安的模樣，然後還含著牙刷就去廚房打安公子了。

「哦，對不起啦，莉莉，別生氣了嘛。」

「算啦，反正到時候還會再犯。還有件事，店裡有個小妹，橫須賀來的，問我要不要麥斯卡林（譯注：Mescaline，三甲氧苯乙胺，屬二級毒品）。龍，你覺得呢？想要吧？」

「什麼價錢？膠囊嗎？」

「這我就不知道了，說是要五塊美金，要買嗎？」

莉莉連陰毛都染成了跟頭髮一樣的顏色。聽她說，染那裡的毛的藥劑日本沒有，是想辦法託人從丹麥弄來的。

透過蓋住眼睛的頭髮縫隙，我望著天花板上的燈泡。

「龍，我夢到你了喲。」

她左手摟著我的脖子這麼說。

「是不是夢到我在公園裡騎馬的？以前聽妳講過。」

我用舌頭描著莉莉剛長出來的眉毛。

「不是，是個新的夢，公園那個的續集。我們去了海邊，一個很美的海邊。有一片好大的沙灘，可是只有我們兩個人。

「我倆在那裡游泳、玩沙，而且還可以看到海的對岸有一座城市喔，照理說那麼遙遠的城市應該是看不清楚才對，可是竟然連那裡的人的長相都看得到，究竟是做夢喔。起初那裡在舉行慶典，好像是外國的什麼慶典。可是沒有多久，戰爭便開始了，城裡傳出隆隆的砲聲。眞的是爆發了戰爭，相隔那麼遠，卻連部隊和坦克都看得見。

「兩個人在沙灘上看著那情景，就是你跟我，看得出神。你跟我說『啊啊，那邊在打仗了』，我也回答說『是啊』。」

「妳的夢眞奇怪，莉莉。」

床上潮潮的。一根羽毛梗穿透枕頭套扎著我的脖子。我拔了出來，拿著那根小羽毛撫弄莉莉的大腿。

屋裡昏暗。只有廚房透過來的微弱光亮而已。莉莉仍然睡著，拭去蔻丹的小手擱在我的胸口。呼出的氣息吹著我的腋下，感覺涼涼的。天花板上的橢圓形鏡子映出我倆的裸體。

昨晚，做愛之後，莉莉又打了一管，白皙的喉嚨發出嗚嗚聲。藥量越來越大了呀，如果不開始減量的話可要成癮了。

莉莉檢查剩餘量之後這麼說。

當莉莉騎著我，身軀不住扭動起伏的時候，由於之前莉莉講述那個夢境的影響，我憶起一個女人的臉。可是眼睛依然望著莉莉不住扭動的纖細腰肢。

那是一個乾瘦女人的臉。夕陽西下，在一處廣大農場的鐵絲網旁邊，她正在挖坑。年輕士兵拿著上了刺刀的步槍對著，旁邊有個裝滿葡萄的桶子，女人一直低頭鏟著土。頭髮遮住了臉的女人，用手背擦了擦汗。眼睛看著嬌喘的莉莉，腦袋裡卻浮現那女人的臉。

潮濕的空氣從廚房的方向飄來。

難道下雨了嗎？從窗戶往外瞧，景色一片朦朧。我發現大門竟然開著一道縫。可能是昨晚我倆都醉了，忘了關好就睡了吧。一隻高跟鞋掉在廚房的地上。細長的鞋跟指向一旁，鞋尖堅硬皮革的曲線，就如同女體的一部分那樣光滑。

從我這裡透過狹小的門縫，可以窺見莉莉停在外面的黃色福斯車。雨珠如同雞皮疙瘩一般附著在車身，變重的水滴好像冬季的蟲子一樣緩緩滑落。

人們如同影子般走過。推著腳踏車、身著綠色制服的郵差，幾個背著書包的小學生，牽著大丹狗的高大美國人，從狹窄的門縫前面通過。

莉莉深深吸了一口氣之後翻了個身，發出輕微的呻吟，蓋著身體的薄毯子掉到了地上。長髮呈S形黏在背部，汗水積在腰肢的凹陷處。

莉莉昨天脫下的內衣扔在地上，捲成了一小團，遠看好像地毯被燒焦了一小塊似的。

一個日本婦人拎著個黑色提包，從半掩著的門打量屋裡。頭戴印有公司標誌的帽子，深藍色上衣的肩頭已被雨水打濕。八成是查瓦斯表還是電表的吧，我心裡想。眼睛適應之後她才發現屋裡的我們，想要說什麼，又改變主意退了出去。而後又看了裸著身子抽菸的我一眼，才滿臉納悶朝右走去。

變大了些的門縫外，兩個小學女生走過，邊講手邊攤開比畫著，腳上是紅色的雨鞋。身穿軍服的黑人大兵跑過去，一路跳著避開泥濘，動作就好像是個閃避防守準備投籃的籃球選手。

莉莉的車的那一頭，是間黑色牆壁的屋子。油漆已然斑駁，上面用橘色標示著U—37。

在那外牆黑色部分的襯托下，可以清楚看出正下著毛毛細雨。屋頂的上方是，彷彿用灰色顏料反覆塗抹而成的厚重雲層所籠罩的天空。在這侷限於長方形的視野中，中間空著的部分顯得最爲明亮。

厚重的雲層蘊含熱氣。令空氣的溫度增加，令我和莉莉渾身是汗。床單也因而濕黏起皺。

一條黑色細線斜跨過狹窄的天空。

我猜那八成是電線或者樹枝吧，可是隨著雨勢加大隨即便看不見了。路上的行人連忙撐開雨傘或者開始快跑。原本泥濘的道路轉眼間處處積水，漣漪不斷生成、擴散。一輛幾乎佔滿車道的白色大車在雨中緩緩前進。車上有兩個外國女人，一個正對著後視鏡調整髮網，負責駕駛的女人則注意著前方，鼻子都快貼到了擋風玻璃。

兩個女人的皮膚都乾燥像是要掉屑，臉上化了一層濃妝。

一個小女孩舔著冰淇淋走過去，又折回來，探頭往屋裡瞧，看似柔軟的金髮全貼在頭上。她進來拿了莉莉掛在廚房椅背上的浴巾，開始擦拭身子。舔了舔沾在手指上的冰淇淋，打了個噴嚏。一抬頭，發現了我。我撿起毛毯蓋在身上，朝她揮揮手。女孩面露微笑指指外面。我把食指靠在嘴上，示意保持安靜。看看莉莉，歪著頭將手背貼在臉頰，表示她正在睡覺。然後再次將手指靠在嘴上朝女孩一笑示意，所以要安靜哪。女孩用拿著冰淇淋的手朝向外面，似乎要表達什麼。我手掌朝上並向上方望了望，做出發現下雨時的動作。女孩點點頭，濕頭髮也隨之甩動。接著，她衝出屋外，又淋得一身濕跑回來。手裡拿著一件滴著水的胸罩，看起來像是莉莉的東西。

「莉莉，下雨啦，是不是有衣服晾在外面？快起來，莉莉，下雨啦。」揉著眼睛坐起來的莉莉，拉上毛毯遮住前身，看到女孩，說道：「耶，莎莉，怎麼啦？」

女孩把手中的胸罩扔來，大聲叫道：「Rainy」，和我對看一眼，笑了。

我輕輕將貼在茂子肛門的ＯＫ繃撕下，她依然沒有醒。

玲子裹著毛毯躺在廚房的地上，床上有惠和吉山，躺在音響旁邊的一雄仍然緊緊抱著尼康瑪特，茂子則抱著枕頭，趴著睡在地毯上。揭下來的ＯＫ繃上沾有淡淡的血跡，茂子那有如起皺橡膠管的祕處，隨著呼吸一張一合。

背上汗水淋漓，那味道竟然和性器分泌的黏液味道一樣。

茂子睜開只剩下一邊假睫毛的眼睛，對我笑了笑。我一將手伸進她的股間，她便半轉身子發出呻吟。

「幸好下雨了，下雨對傷口有益。因爲下雨，現在不太痛了對吧？」

茂子的胯下濕濕黏黏的。我找了張柔軟的紙幫她擦拭，手指一探進去，那赤裸的臀部隨即撅起。

「昨天晚上，你是在乓乓（譯注：街娼，特別是指二次大戰後，以美國大兵爲對象的女性。此爲音譯）那裡過夜的吧？」惠醒來之後這麼問我。

「媽的，不准妳說什麼乓乓，她可不是那種女人。」我說道，順手打死一隻繞來繞去的小飛蟲。

「喔，都好啦，不過龍你要小心，千萬別中鏢啦，聽傑克遜說這一帶的傢伙可嚇人了，整個都爛啦。」惠說。只穿了條內褲的她，倒了杯咖啡，茂子伸過手來：「嗳，來根菸吧，要薩雷姆的涼菸。」

「茂子，這個牌子叫沙龍啦，不叫薩雷姆。」坐起身子的一雄糾正茂子。

「我的不要加奶。」吉山揉揉眼睛，對廚房裡的惠大喊，然後對著手指仍然插在茂子股間的我說：「昨天你們在上面胡天胡地的時候，我拿到一副同花順哩。千眞萬確，一副紅心的同花順，對吧一雄，你要幫我作證。」

一雄沒答理，用沒睡醒的聲音問道：「我的閃光燈哪去啦，是不是誰拿去藏起來啦？」

傑克遜又要我像以前某一次那樣化妝。「那個時候，我還眞以爲是費・唐納薇來找我們玩了呢，龍。」他說。

我穿上了一件銀色晨褸，據說是個職業脫衣舞孃送給三郎的。

在前往奧斯卡家集合之前，一個陌生的黑人上門，留下近百粒不知名的膠囊。問傑克遜此人會不會是憲兵或者厚生省的緝毒幹員，他笑著搖搖頭回答，他叫綠眼睛。

「他那雙眼睛不是綠色的嗎？沒有人知道他的眞實姓名，據說以前當過高中老師，不過也沒人知道是眞是假。綠眼睛已經瘋了，也不知道他住在哪裡、有沒有家人，只知道那傢伙的資格比我們老得多，很久以前就來日本了。不覺得他長得很像查爾斯・明格斯（Charles Mingus）嗎？龍，好像是聽到你的事情才找上門的，是不是跟你說了些什麼？」

那個黑人一副非常惶恐的模樣。「只能給你這麼多。」說著眼睛骨碌碌地打量屋裡，而後像是逃跑一般離去。

看到赤裸的茂子他仍然面色不改，當惠邀他留下來樂一下時，也只是嘴唇一震，什麼話也沒說。

「總有一天你也會看見黑色的鳥，還沒見過吧？你啊，也看得到黑鳥，因爲你有那種眼睛，和我一樣。」說著他握了握我的手。

奥斯卡警告我們，把那些膠囊扔了，千萬不可以吃，因爲綠眼睛曾經配過瀉藥。

傑克遜拿出戰場用針筒進行消毒，並表示他是衛生兵，打針很在行。他第一個先幫我打了海洛因。

「龍，跳舞吧。」傑克遜說著拍拍我的屁股。

站起來一照鏡子，在茂子細心而完美的化妝技巧之下，鏡中的我完全判若兩人。三郎將菸和人造薔薇遞給我，並問要配什麼音樂。聽我說舒伯特，眾人大笑。

甘甜的霧氣自眼前飄過，腦袋遲鈍麻痺。慢慢活動手腳，只覺得關節彷彿像是上過油一樣，而那滑潤的油流遍了全身。隨著每一次呼吸，我逐漸忘掉了自我。各種東西不斷脫離我的身體，感覺自己就像是個人偶。屋裡瀰漫著甜美的空氣，香菸抓撓著我的肺。

自己是個人偶的感覺越來越強烈。只要任憑那些傢伙擺佈就好了，我是個無比幸福的奴隸。鮑伯喃喃說了聲 erotic，傑克遜要他別出聲。奧斯卡將燈光全都關掉，將一盞橘色聚光燈對準我。我的五官不時扭曲，露出恐怖的表情。雙眼大睜，渾身抖動。時而放聲吶喊，時而低聲喘息，用手指挖果醬舔食，啜飲紅酒，攏起頭髮大笑，還翻著白眼口吐有如咒語的話語。

我高聲吟誦吉姆・莫里森的詩句。

「當音樂結束時，當音樂結束時，熄滅所有燈光，兄弟生活在海底，我的妹妹遇害喪命，如同被捕上岸的魚遭到剖腹，我的妹妹遇害喪命，當音樂結束時，熄滅所有燈光，熄滅燈光。」

如同惹內的小說中出現那些溫柔男士，唾液在口中咕嚕咕嚕漱著變得白濁有如糖漿一般堆在舌頭上，並且摩擦雙腳抓撓胸脯。腰和腳尖都黏乎乎的。雞皮疙瘩如同突如其來的風一般裹住全身，完全脫力。

我撫摸一個黑女人的臉頰。渾身是汗的黑女人屈腿坐在奧斯卡身旁，長長的腳趾塗了銀色的蔻丹。

三郎帶來一個肉墩墩的白種女人，用充滿情慾的眼神看著我。讓傑克遜在手背打了海洛因之後，不知是否疼痛，玲子表情都扭曲了。黑女人不知服食了什麼已經茫了，支著我的腋下跟我一同站起，開始跳起舞來。杜漢又往香爐裡扔了一些大麻脂。紫色的煙霧升起，惠蹲在一旁吸著。黑女人的體臭和汗水如影隨形，熏得我差點暈過去。氣味之強烈，簡直如同發酵了的內臟一般。個頭比我高，腰肢粗壯，可是手腳卻非常細。她露出一口白得有些嚇人的牙齒，笑著脫光衣物。一雙泛白的堅挺乳房，即使身子抖動也不太會隨之晃蕩。她雙手捧著我的臉，舌頭探進我嘴裡。她磨蹭著我的腰，解開我身上襤褸的鉤釦，汗津津的手在我的下腹游移。粗糙的舌頭來回舔著我的牙齦。黑女人的氣味完全將我裹住令我欲嘔。

惠爬過來握住我裸露的陽具，「爭氣一點哪，龍，要爭氣哪。」她說。一坨黏液從我的嘴角溢出流至下巴，眼睛什麼也看不到了。

全身因爲汗水而油光亮的黑女人舔著我赤裸的身體各處。她盯著我的眼睛，用帶有培根味道的舌頭吸吮我的大腿。雙眼通紅濕潤，咧著大嘴笑個不停。

緊挨著我的是手扶床邊的茂子，正在扭動被三郎頂起的屁股。其他眾人全都在地上或趴或躺，扭動著，顫抖著，不時嬌喘吆喝。只覺得自己的心臟緩慢而使勁地搏動著。配合著這搏動，在黑女人掌握中的陽具也一抽一抽動著。彷彿只有心臟與陽具是沾黏在一起活動，其他器官都已經融化了似的。

黑女人騎上了我的身。同時以極快的速度開始扭動屁股套弄起來。她仰頭面向上方模仿人猿泰山吼叫，並如同在奧林匹克運動會紀錄片裡看到的標槍選手一樣喘著氣，灰色的腳底使勁令床墊反彈，長手順勢探入我的臀部下面，緊緊抱住。一陣如同被撕裂的疼痛令我大聲叫出來。想要推開她，可是黑女人的身體就像是抹了油的鋼鐵，滑膩而堅硬。下半身產生了一種彷彿令身體的中心旋轉俯衝的快感，壓過了疼痛。快感有如一陣旋風上升直達腦袋。腳趾發熱到像是快要燃燒起來。肩膀開始顫抖，想要大叫，可是喉嚨被像是牙買加原住民所喜愛，以血和油熬成的濃湯的東西給堵住，我想要把那吐出來。黑女人深深喘了一口氣確認陰莖已經觸及最深處之後笑了笑，並且點了一根長支的黑色香菸抽起來。

她將那染過香水的黑色香菸塞進我嘴裡，嘰哩咕嚕不知問些什麼，見我點點頭，隨即湊過來吸吮我的唾液，屁股又開始套弄起來。女人雙腿間分泌的膣液濕了我的下腹和大腿。扭動套弄的速度逐漸加快。她哼選唧唧益發興奮。我緊閉雙眼放空腦袋腳尖一使勁，刺激的快感伴隨血液流遍全身，直達腦門。快感一旦產生之後便如影隨形揮之不去。就像被火花灼傷的皮膚一樣，太陽穴內側緊貼顱骨的薄肉層發出嗞嗞聲逐漸潰爛。當我察覺這潰爛並將感覺集中於此之後，隨即陷入一種錯覺，彷彿自己整個人變成了一根巨大的陽具。又彷彿化身成一個小人，鑽進女人體內，橫衝直撞以全身來取悅女人。我想要抓住黑女人的肩膀。女人扭動屁股的速度不見減緩，彎下身來把我的乳頭咬得快要流血。

傑克遜唱著歌跨到我的臉上，Hey Baby，說著輕拍我的臉頰。傑克遜的肛門巨大而外翻令我聯想到草莓。汗水從他厚實的胸膛滴落到我的臉上，那味道給我的刺激比女人的私處更強烈。「嘿，龍，你眞像是個玩偶，我們的黃色玩偶，只要不上發條，你就完啦。」

傑克遜像在唱歌一樣這麼說，黑女人聽了放聲大笑。那聲音簡直就像是故障的收音機一樣，令人想堵住耳朵。她持續笑著，同時屁股也沒有停止套弄，口水瀝瀝拉拉滴在我的肚子上。傑克遜與女人舌吻。陰莖像是瀕死的魚一般在女人體內跳動。身體因女人的熱力而不斷脫水，乾燥到好像都快掉屑了。傑克遜將發燙的陽具插入我乾燥的口中。彷彿烤過的石頭一般燙著我的舌頭。邊來回磨蹭著我的舌頭，邊與女人一同講起有如咒語的話來。不是英語，我聽不懂。簡直就像是配合康加節奏的誦經。黑女人察覺我的陰莖一陣抽搐即將射精，稍稍抬高臀部，手探到我的屁股下面一掐手指用力插進我的屁眼。見我淚眼汪汪，她反而將手指插得更深並轉動起來。女人髖部有個白色的刺青。是一個紋得很拙劣的微笑基督像。

握著我血脈僨張抽動的陽具，張口齊根含住，嘴唇都觸到了我的下腹。舌頭施壓來回舔著、輕咬、如貓一般伸尖了粗糙的舌頭撫弄馬眼。一旦我將射精就又中止舔舐。女人將屁股朝向我。像要爆裂一樣緊繃光滑，並因汗水而發亮。我伸手往一邊用力一攫。黑女人呻吟著緩緩左右搖動臀部。肉墩墩的白種胖女人在我腳邊坐下。淡金色陰毛下耷拉著暗紅色的性器。看起來就像是切下來的豬肝。傑克遜粗魯地抓住白種女人巨大的乳房並指指我的臉。垂到白皙腹部的乳房晃動著，直盯著我的女人撫摸我被傑克遜的陰莖撐開的嘴唇，小嘴笑著說好可愛。接著抓起我一隻腳，磨蹭那黏乎乎的豬肝。腳趾傳來很不舒服的觸感，再加上白種女人散發出一種類似腐爛蟹肉的味道，我不由得想吐。喉嚨一陣痙攣令我稍稍咬了傑克遜的陰莖一下，他大吼一聲抽出，狠狠賞我一耳光，鼻血流了出來。白種女人見狀笑著說好可怕，卻更便勁用下體磨蹭我的腳。黑女人湊過來舔掉我的血。「馬上就讓你欲仙欲死，讓你洩。」她面露像是戰地醫院護士的溫柔笑容，這樣對我耳語。我的右腳逐漸沒入白種女人巨大的性器之中。傑克遜又將陰莖插入我受了傷的口中。我拚命忍住嘔意。在流血而變得黏滑的舌頭刺激下，傑克遜放出了溫熱的液體。那簡直跟痰一模一樣濃稠的精液堵住了我的喉嚨。我不由自主吐出那混合著血的粉紅色液體，對著黑女人大叫：「讓我洩吧！」

潮濕的空氣撫著我的臉。白楊樹的葉子沙沙作響，雨緩緩下著。空氣中瀰漫著水泥地和草地受潮降溫時的味道。

雨水在汽車大燈的照耀下看起來有如銀針。

惠和玲子等人隨眾黑人一起去基地裡的俱樂部了。曾經當過舞者的黑女人名叫魯迪安娜，一再邀我去她的住處。

銀針越來越粗，醫院中庭裡反射著街燈的水窪逐漸擴大。積水隨風產生陣陣漣漪，微弱的反光也跟著微微震動。

一隻原本停在白楊樹幹上背著硬殼的蟲，被增強的風雨打落，試圖逆著水流向前爬行。難道那樣的一隻甲蟲也有屬於自己的歸巢嗎？

街燈照在那黑色的鞘翅，起初我還誤以爲是一片碎玻璃。甲蟲爬上石頭，尋找方向，然後飛到一處草叢落下，或許認爲那裡是安全之處吧。可是，那草叢隨即就被沖倒並爲雨水所吞沒。

雨水打在各種地方發出不同的聲響。那些落在草、小石子和土地上，彷彿隨即被吸收的雨，發出的聲音令人聯想到迷你樂器。那有如小到可以放在手掌上的玩具鋼琴所發出的聲音，與仍然殘留的海洛因餘韻所造成的耳鳴交織在一起。

一個女人在路上奔跑。鞋子拎在手上，赤腳濺起水花。或許是因爲淋濕的裙子會緊貼在身上，她一手拉開裙襬，一路閃避汽車濺起的水花。

電閃雷鳴，雨勢更大了。我的脈搏非常慢，身體非常冷。

陽台有棵乾枯的冷杉，是莉莉去年聖誕節的時候買的。僅存於樹梢的一顆銀色紙星現在也沒了。聽說是惠跳脫衣舞要用，拿走了。還小心切除了尖角以免刺痛大腿，並裝上了鬆緊帶。

我全身冰涼，只有腳尖發熱。那熱氣偶爾會緩緩上升直達腦袋。那有如剝除果肉的桃核一般的熱核，在上升的途中，行經心臟、胃、肺、聲帶，以及牙齦的時候都會受阻停頓。

淋濕的屋外一片祥和。雨滴模糊了景物的輪廓，傳到我耳中的人聲、車聲已經被持續落下的銀針削去了稜角。外面的黑暗彷彿要將我吸進去。像是嬌弱無力玉體橫陳的女人，潮濕而黑暗。

我扔出手中的菸，還沒落地便嗞嗞的一聲熄滅了。

「上回你發現枕頭裡的羽毛刺出來，完事之後抽出了那根羽毛，直說很柔軟，還拿來搔我的耳朵搔我的胸，後來扔到了地上，還記得嗎？」

莉莉帶了麥斯卡林來。「自己一個人在幹什麼呀？」她摟住我問道。「在陽台賞雨啊。」我回答。對話就這麼開始了。

莉莉輕咬我的耳朵，並從皮包裡拿出用錫箔紙包著的藍色膠囊放在桌上。

「打雷又㶶雨的，把陽台門關上吧。」莉莉對我說。

「我想看一下外面。小時候沒看過下雨嗎？因爲不能出去玩，我常常趴在窗邊看雨，莉莉，很有意思的。」

「龍，你還眞是個怪人，也是個可憐的人。你不是滿腦子想的都是要見識形形色色的事物嗎？我不太會表達，可是如果你打從心底想要享受這種樂趣的話，在那過程之中就不該尋找什麼或是思考什麼，不是嗎？

「你總是嚷著要看這看那的，簡直就像個記錄下來之後再進行研究的學者。像個小孩子似的。說實在的，你根本就是個小孩子，我們小時候不論什麼東西都會嚷著要看對吧？小嬰兒會盯著陌生人的眼睛然後或是哭或是笑，可是你現在再盯著別人的眼睛試試看，一定馬上就會抓狂。不信的話，你試試目不轉睛盯著路上行人的眼睛，馬上就會受不了。我說啊，龍，別再像嬰兒那樣看東西啦。」

莉莉的頭髮濕了。就著冰牛奶，我們各嗑了一顆膠囊。

「我倒是樂在其中，從來沒那麼想過，看外面很有意思哩。」

我拿浴巾給她擦身子，濕衣服用衣架掛起來。「要不要聽唱片？」我問，莉莉搖搖頭，說安靜點比較好。

「莉莉，妳應該有開車出去兜風的經驗吧？開好幾個鐘頭的車去看海，或是去看火山，大清早眼睛都還睜不太開的時候就出發，途中找個景色優美的地方，拿出水壺喝個茶，中午在大草原上吃飯糰，這種尋常的兜風。

「在奔馳的車裡，不是會想到各種事情嗎？好比今天出發時找不到的照相機濾鏡，究竟收到哪去啦、昨天中午電視上的那位女演員叫什麼名字啦，或者鞋帶好像快要斷了、萬一出車禍的話多可怕啊、自己是不是不會再長高了，腦袋裡會想到各種事情對吧？這些思緒，又會和車窗外移動的景色逐漸重疊。

「途中不是會看到農家和田園逐漸接近，然後又向後不斷遠離嗎？於是風景就會和腦袋裡的思緒混雜在一起。在路邊的站牌等候公車的人，身穿禮服走路搖搖晃晃的醉漢，拉著板車滿載橘子的老婆婆，或者花田、港口、火力發電廠等等，映入眼簾之後又隨即消失，所以就和之前浮現在腦海的事情混在一起了，妳了解嗎？照相機濾鏡的事情會和花圃、發電廠合而為一。接下來，我就可以隨心所欲將所見的景物與思緒在腦袋裡充分混合，再從夢境、讀過的書籍，以及記憶中搜尋，好些時間之後，怎麼說呢，就會產生出有如一張照片，類似紀念照一樣的情景。

「隨之陸續進入眼簾的新景物會不斷加入那張照片裡，最後，那張照片裡的人彷彿都會活動、會講話、唱歌，全都活了起來。如此一來就一定會，一定會形成一處有如巨大宮殿的地方，裡面有形形色色的人做著各式各樣的事情，腦袋裡就會出現這麼一處有如宮殿的地方。

「完成這座宮殿之後再觀察內部，可有意思啦，簡直就像是從雲端看地球一樣，裡面要什麼有什麼，全世界所有的東西盡在其中。有各色人種，使用的語言也各有不同，宮殿柱子的式樣變化多端，世界各國的美食佳餚應有盡有。

「那排場遠比電影的佈景還要壯觀、精密，形形色色的人都有，眞的是各種人都有喔。有盲人、乞丐、殘障者、小丑、侏儒、佩掛金色綬帶的將軍、渾身是血的士兵、男扮女裝的黑人、首席女高音、鬥牛士、健美先生，以及在沙漠中祈禱的遊牧民族等等，所有的人都在現場做著自己的事情。而我則看著他們。

「那宮殿永遠位於海邊，非常美麗，是屬於我的宮殿。

「這就好像我擁有一座自己的遊樂場，隨時可以前往那童話王國，只要摁下開關，就可以看到那些人偶開始活動起來。

「我一路就這麼沉浸在其中，等到抵達目的地，眾人開始卸行李、搭帳篷、換泳衣、交談的時候，要守護好不容易完成的宮殿可是非常困難的。只要有人跟我說個話，比方，嘿，這裡的水好乾淨哪，完全沒有污染，宮殿就化爲泡影了。莉莉妳明白我的意思吧？

「有一回去看火山，那是九州一處知名的活火山，登上山頂之後一看到噴出的火星和火山灰，我立刻就想要炸掉宮殿。不，是聞到火山的硫磺氣味時，連接炸藥的引信就已經點燃了。那是戰爭啊，莉莉，宮殿遭到了攻擊。醫生手忙腳亂，軍隊指揮交通，可是已經來不及了，周遭化爲烏有，戰爭已經爆發，是我引發的，於是轉眼之間就變成了廢墟。

「反正是我隨興打造而成的宮殿，要怎麼樣都可以，一直以來，我都會這個樣子，是說在開車出去兜風的時候，所以在下雨的日子看看外面，到時候很有用。

「前一陣子，我和傑克遜他們去了河口湖，我嗑了ＬＳＤ，又想要打造宮殿，可是這回出現的不是宮殿而是城市，是一座城市唷。

「一座道路縱橫，有公園、學校、教堂、廣場、無線電塔、工廠、港口、車站、市場、動物園、公家機關、屠宰場等等的城市。我甚至連城市裡每一個居民的相貌和血型都安排好了。

「我常常會想，不知道是不是有人能夠拍出像我腦袋裡那些東西一樣的電影。

「有個女人愛上了一個有婦之夫，這個男人去打仗時殺了一個外國小孩，那個小孩的母親又在不知情的情況下，在戰火中救了這個男人，並生下一個女孩，女孩長大以後成了黑道人物的情婦，這個黑道人物對她很好，但是後來遭地方檢察官開槍射殺，而這個地方檢察官的父親在戰時是個祕密警察，這並不是一部女孩在最後一幕走在林蔭道上，布拉姆斯的音樂悠然響起的那種電影。

「就好比宰殺一大頭牛然後切出這麼大小的一塊牛排來吃一樣。唔，這樣好像不太容易理解喔，反正我的意思就是，即便只是一小塊牛排也算是吃了牛。我想要看，類似將我頭腦裡的宮殿和城市細細切割，就跟切割一頭牛一樣，然後製作成電影，想看那樣的電影，我覺得一定可以拍出來的。

「我覺得那會是一部有如巨大鏡子的電影。一部彷彿能夠將所有觀眾都照映出來，像是一面巨大鏡子的電影。我好想看那樣的電影啊，如果有的話，我一定會想辦法去看。」

「要不要我跟你說說那電影的第一幕？一架直升機出現，運來一座基督像，怎麼樣？不錯吧。

「我看你的藥效已經發作了，龍，我們開車兜風去吧，去看火山，你再打造城市然後講給我聽吧，那座城市，現在一定在下雨吧。打雷閃電的城市，我也想看呀，噯，我們走啦。」

我一再表示這樣開車太危險，可是莉莉根本不聽，一把抓起車鑰匙便衝進了雨中。

眩目的霓虹燈；將身體從中一剖爲二的對向車輛頭燈；發出有如大型水鳥叫聲從後方超車而過的卡車；突然聳立在眼前的大樹；路旁無人居住的荒廢房屋；排列著不知用途的機器設備、煙囪冒著火光的工廠；彷彿自熔爐流出的鐵漿般蜿蜒的道路。

有如生物咆哮翻騰的黑暗河水；茁長於路邊隨風搖曳的野草；外頭圍著鐵絲網，冒著熱氣喘息顫動的變電所；還有就是，發狂般不斷大笑的莉莉，以及看著這一切的我。

所有的一切都會自行發光。

因雨水而增幅的光，在沉睡的住家白牆上拉出青白的影子，彷彿怪獸突然露出獠牙，令我們赫然一驚。

我們一定是潛入了地底喲，在一條巨大隧道裡喲，一定是的，所以才會看不到星星，還有不斷有地下水滲落。冷颼颼的，大概是哪裡有裂縫吧，是不是到處都躲著不知名的生物呀？

不斷胡亂蛇行又緊急煞車，究竟來到了什麼地方，我倆都完全不知道。全景在車頭燈光下浮現，莉莉停車處之前，聳立著轟隆作響的變電所。粗大的線圈形成了盤捲交錯的金屬網。我們望著那有如峭壁的鐵塔。

這裡一定是法院吧，莉莉說著笑了起來，開始環顧變電所周遭爲燈光所照亮的廣大農田。一片在風中搖晃的番茄田。

好像大海啊。

被雨打濕的番茄是黑暗中唯一的紅色。番茄閃爍著，好像聖誕節時裝飾在聖誕樹上或是窗邊的小燈泡。這迸發出火花搖晃著的無數紅色果實，彷彿幽暗深海中牙齒會發光的游魚。

「那是什麼呀？」

「應該是番茄吧，可是看起來實在不像是番茄。」

「簡直就像是大海嘛，以前從來沒有去過的，外國的海。你看，海上好像漂浮著什麼東西。」

「一定是水雷，防禦用的，不准外人進入。只要碰觸就會爆炸，讓人無法活命，封鎖了這片海域。」

農田的那一頭有座長條形的建築物，大概是學校或者工廠吧。

閃電雷鳴，車裡整個亮起，莉莉驚聲尖叫。裸露的腿上起了雞皮疙瘩，她抓著方向盤猛搖，牙齒喀噠喀噠作響。

別害怕，只是打雷而已呀，莉莉。

「我不管啦！」莉莉叫喊著，突然用力拉開車門。怪獸的嘶吼竄進車內。

「我要下海去！待在裡面都快窒息了，放手！你放手啦！」

轉眼間已經渾身濕透的莉莉，猛力關上車門。莉莉甩著頭髮從擋風玻璃前面穿過去。引擎蓋冒出了粉紅色的煙飄向空中，前頭燈照亮的路面水氣不斷蒸騰。莉莉在車窗外齜牙咧嘴叫嚷著。搞不好那裡真的是大海。莉莉則是一條發光的深海魚。

莉莉向我招手。那表情和動作與我曾經在夢中見到，追逐一顆白球的少女一模一樣。

雨刷摩擦玻璃的聲音，令我想到會將人夾住加以融化的巨蚌。

封閉的金屬空間裡，白色座椅，就如同那巨蚌的肉一般濕黏而柔軟。

肉襞震動，分泌出強酸，要將我包住、融解。

「快出來呀，待在裡面會被融解的。」

莉莉朝田裡走去。伸開的手就如同魚鰭，身體淋濕，雨滴是發光的魚鱗。

我打開了車門。

風聲呼嘯，彷彿整個大地都會隨之震動。來到車外一看，番茄並非紅色，而是近似夕陽西下時，部分雲彩所帶有的那種獨特的橙黃。在眞空的玻璃箱中穿梭，即便閉上眼睛都會燒灼在網膜上的發亮橙黃色。

我隨後去追莉莉。碰觸到手臂的番茄葉子上生有細毛。

莉莉摘了一顆番茄。嘿，龍你看，簡直就跟電燈泡一樣，會發亮耶。我衝到她面前，一把搶過番茄朝空中扔去。

「莉莉快臥倒！那是炸彈啊，快臥倒！」莉莉聞言放聲大笑，和我一起倒在地上。

「好像潛入海底了一樣，靜得嚇人耶。龍，我甚至可以聽到你的呼吸聲，還有我自己的。」

從地面往上看，番茄也靜靜呼吸著，並與我們的氣息混合在一起，如霧一般在莖葉間移動。積水的黑色土地裡，有刺人肌膚的草屑，以及成千上萬在其中休息的小蟲子。牠們的氣息從地底深處一直傳到我們這裡。

「看那邊，那一定是學校，還有游泳池喔。」

灰色的建築物將聲音和水分都吸收了，也將我倆吸引過去。在黑暗中浮現的校舍，彷彿是長長洞窟盡頭的金色的出口。我們拖著滿是泥水的濕重身子，一路踐踏熟透掉落的番茄穿過田地。

來到可以避風躲雨的校舍屋簷下，一種彷彿為飄浮在空中的飛船的影子所籠罩的感覺油然而生。過分寂靜，還有一股寒氣襲來。

廣闊的運動場一端有個游泳池，周圍種著花。盛開的花朵，就好像腐爛屍體上冒出的屍斑，又像是不斷增殖的癌細胞血漿。在如同一塊白布般晃動的牆壁襯托下，花瓣時而片片散落時而隨風飛舞。

「好冷喔，好像快要跟個死人一樣了。」

莉莉哆嗦著拉住我想要回到車上。從窗戶看，教室似乎正準備將我們抹消。排列整齊的課桌椅，令人聯想到無名戰士的公墓。莉莉正試圖擺脫這死寂。

我奮力朝運動場的對角方向跑去。莉莉在後面叫喊著：

「不可以過去啦，求求你，快回來呀。」

抵達游泳池外圍的鐵絲網之後，我開始往上爬。下方的池面，水波與漣漪交錯，反射著閃電，就好像節目全部播畢之後的電視一樣閃閃發亮。

「你知道自己在做什麼嗎？快回來啊，不然你會沒命的，會死的啊！」

莉莉雙手緊緊抱住身體，雙腿彷彿絞在一起似的交叉，站在操場中央大叫。

我緊張得像個逃兵似的，爬下鐵絲網站在游泳池畔，然後縱身躍入萬點漣漪不斷生成，看起來如同半透明果凍的池水之中。

閃電照亮了莉莉握著方向盤的手。剔透的肌膚下可見發青的線條，水珠在滿是泥的手臂上滾動。在看起來彷彿是彎曲金屬管的道路上，我們的車沿著基地的鐵絲網奔馳。

「啊，我竟然完全忘了。」

「忘了什麼？」

「忘了為我腦袋裡的城市加上飛機場。」

莉莉的頭髮因為沾染泥水而結成一縷一縷的。臉色慘白，脖子上冒出細細的血管，肩膀滿是雞皮疙瘩。

擋風玻璃上滾動的水滴，看起來就好像夏天的圓形小甲蟲。就好像球形的鞘翅映出了整片森林一樣的小蟲。

莉莉常常踏錯油門和煞車，每次踏錯都會用力伸直白皙的腿，並且使勁搖搖頭好讓自己清醒。

「欸，城市大致建好了，可是是海底城市哩。飛機場該怎麼安排呢？莉莉，妳有沒有什麼好點子？」

「我說，別再說這些個蠢事啦，太可怕了，還是趕快回家去吧。」

「莉莉，妳也該把泥巴清掉才行，乾了的話很難受吧？游泳池裡很乾淨，水都泛著光哩。那個時候，我就決定要打造一座海底城市。」

「不是要你別再說了嘛，龍你告訴我，我們現在在哪裡？我都搞不清楚開到什麼地方了，視線又那麼差，拜託你想些正經的吧。搞不好我們都會死啊，打從剛才開始，死亡就一直在我的腦袋裡盤旋。我們在哪裡啊？龍，你快告訴我，這裡是什麼地方？」

突然間，一陣金屬般的橙黃色光芒如爆炸般在車內閃現。莉莉像是鳴警笛一樣大叫，雙手放開了方向盤。

我連忙拉起手煞車，汽車隨著嘰嘰聲側向偏滑，刮到鐵絲網之後撞到電線桿才停下來。

「快看，是飛機！那邊有飛機！」

跑道上充斥著各種亮光。

探照燈的光束在旋轉。建築物的所有窗戶都亮著，等間隔排列的指示燈不斷閃爍。

噴射機發出令周遭為之震動的轟然巨響，機體擦得晶亮，在跑道的一頭等待起飛。

高塔上有三具探照燈。有如恐龍脖子一般的光柱掠過我們之後，轉而照亮了遠方的群山。遠處一塊被光束切出的雨幕，彷彿剎那間凍結，形成一間閃亮的銀色房屋。最強的探照燈緩緩轉動照亮固定的處所。每隔一定的時間，就會繞到距離我們不遠處的鐵路支線上空。我們因剛才的衝撞而暈頭轉向，如同只能夠朝著固定方向前進的廉價發條機器人，下了車，在大地都爲之震動的噴射機引擎的轟隆聲中往那鐵道走去。

光束正照向對面的半山腰。巨大的橙黃色圓盤不斷將夜色剝除。輕而易舉將那沾黏包裹住各種事物的夜一點點剝除。

莉莉脫掉了沾滿泥巴的鞋，朝鐵絲網扔過去。光束掃過附近的樹林。一群睡夢中的鳥兒受到驚擾而飛起。

「就快照到這裡啦，龍，好可怕，就快過來啦。」

鐵絲網變成了耀眼的金色，靠近一看，與其說那是光，更令人聯想到燒得通紅的熾熱鐵條。光盤已經近在眼前。地面冒出了水氣。泥土、綠草、鐵道都如同玻璃熔化時一樣變成了白色。

莉莉首先進入其中。接著是我。剎那間什麼聲音也聽不見了。幾秒鐘之後，耳朵痛到難以忍受。彷彿有燒燙的針扎入一樣。莉莉也摀住耳朵往後倒下。肺裡塞滿了焦臭味。

雨點刺著我的肌膚。就好像被吊在冷凍庫裡受凍，而後剝了皮用尖銳的鐵棍戳一樣，雨點刺著肌膚。

莉莉趴在地上尋找著什麼。像個在戰場上丟失眼鏡的近視眼士兵，發了瘋似地尋找著。

究竟在尋找什麼呢？

厚重低垂的雲層、不斷落下的雨、昆蟲棲身的草、灰色的基地整體、映著基地的潮濕道路，以及如波浪般湧動的空氣，一切都爲噴射出巨大火焰的飛機所掌控。

飛機開始在跑道上緩緩滑行。地面震動。巨大的銀色金屬徐徐加速。尖銳的呼嘯彷彿令空氣都要爲之燃燒。機身近在眼前，安裝在兩側的四具巨大圓筒噴出了藍色火焰。夾帶重油味的瞬間暴風將我吹翻。

臉部扭曲，撞到了地面。我拚了命睜開模糊的眼睛去看。才剛見到白色的機腹升上空中，轉眼之間就已經被吸入了雲層之中。

莉莉望著我。牙間殘留著白沫，嘴裡流著血，似乎是咬到了。

「嗳龍，你的城市怎麼樣了？」

飛機看起來彷彿在空中靜止了一樣。

就如同百貨公司裡，用鋼絲吊掛在天花板下的玩具，那一刻，飛機看起來就好像停住了一樣。只覺得以驚人速度遠離的彷彿是我們。感覺像是我腳下延伸的地面、草、鐵道，正不斷往下墜落。

「嗳，你的城市怎麼樣了？」

莉莉往道路上隨便一躺，這麼問我。

從口袋掏出口紅，撕破身上的衣服，開始塗抹起身體。她笑著在肚子、胸部，以及脖子上畫出紅線。

我發現腦袋裡充滿了重油的味道，其他什麼也沒有。哪裡還有什麼城市的影子。

莉莉用口紅塗了一張花臉，活像個在慶典中狂舞的非洲女人。

「噯，龍，殺了我吧。好奇怪喔，我想要讓你殺了我。」

眼中噙著淚水的莉莉喊道。我們被拋了出來。身體撞上了鐵絲網。鐵刺戳進肩膀的肉裡。我想在身上開個洞。一心一意只想擺脫重油的味道。腦袋裡一直只想著這件事情，周遭的一切都顧不得了。在地上爬著的莉莉衝著我大喊。畫了紅線的裸身像是被綁縛著一般，伸長了腿不斷嚷著要我殺了她。我靠向莉莉。莉莉渾身激烈顫抖，放聲大哭起來。

快動手，快動手吧。我的手觸到了她畫著紅色條紋的脖子。

這時，天邊一亮。

青白的閃光將一切都化爲透明。莉莉的身體、我的手臂、基地、群山和天空，彷彿都可以看穿。而且我發現，在那化爲透明的一切的那端，有一道曲線劃過。以前從未見過的，形狀不定的曲線，白色的起伏，描繪出優美曲線的白色的起伏。

「龍，你現在明白自己是個嬰兒了吧？你果然是個嬰兒啊。」

我放開已經觸及莉莉脖子的雙手，用舌頭舐去莉莉口中的白沫。莉莉脫掉我的衣服，緊緊抱住我。

泛著七彩的油水不知從何處流過來，遇到我們的身體之後分成了左右兩邊。

一大清早雨停了。廚房窗戶的毛玻璃整片泛著銀光。

空氣逐漸暖和起來，我邊嗅著那味道邊泡咖啡時，玄關門突然打開。三名胸膛厚實穿著滿是汗臭的制服肩上掛著白色飾緒的警察出現在門口。我大吃一驚，砂糖撒了一地。其中年輕的一個問道：

「你們在這裡幹什麼？」

我杵在那裡什麼也沒說，前頭的兩人推開我進入屋裡。也不管惠和玲子還在睡覺，一人來到陽台的門前站定雙手叉在胸前，一人粗魯地拉開窗簾。

那聲響以及射入的強光令惠跳了起來。逆光下的警察看起來非常巨大。

留在門口那個年紀較老的胖警察，踢開地上散亂的鞋子，慢步踱了進來。

「唉，我們是沒有什麼搜索狀啦，不過各位應該也沒什麼意見吧？這是你的屋子嗎？沒錯吧？」

他抓起我的胳膊檢視針孔。

「你是學生嗎？」胖警察問道。手指粗短，指甲骯髒，並沒有多麼用力抓，可是我也沒能掙脫。

看著警察在晨光下隨意抓著我的那隻手，我彷彿有生以來第一次見到手這種東西。

屋裡幾近赤裸的眾人紛紛忙著穿上衣服。年輕的兩個警察唧唧咕咕交頭接耳，其中「豬窩」、「大麻」等等字眼傳到了我的耳裡。

「趕快穿上衣服！喂，把褲子穿上！」

惠只穿了條內褲，噘著嘴瞪著胖警察。吉山和一雄臭著臉站在窗邊，在警察的斥喝下，揉著眼睛將兀自唱著的收音機關掉。玲子在牆邊翻著手提包，想找出梳子來梳頭髮。戴眼鏡的警察一把搶走手提包，把裡面的東西一古腦兒全倒在桌上。

「幹什麼呀，別碰我的東西。」

玲子小聲抗議，可是對方只哼了一聲，並不理會。

一絲不掛的茂子癱在床上，還不肯起來。汗濕的臀部暴露在亮光下。年輕警察目不轉睛盯著茂子股間露出的黑毛。我上前推了推茂子的肩叫她快起來，並拿毛毯給她蓋上。

「妳還不快穿上褲子！耶，那什麼眼神哪？」

惠嘟嘟囔囔扭頭相應不理，但一雄將牛仔褲扔了過去，才不甘不願套上。惠震動喉嚨發出呼嚕嚕的聲音。

三名警察手扠腰打量屋裡、隨手查了查菸灰缸。茂子總算睜開眼睛，「咦，搞什麼，這些人來幹嘛啊？」口齒仍然不清。警察聞言不禁竊笑。

「我說你們這些傢伙，未免也太過分了吧，傷腦筋哪，一個個大白天就這樣赤身露體晃來晃去，或許你們自己不在乎，別人可不一樣，看了都覺得難為情啊。」

中年警察打開了陽台窗戶。塵埃如同淋浴的水沫般向外飄去。早晨的街景看起來眩目而混濁。路上往來車輛保險桿的反光令我欲嘔。只覺得屋子裡警察的個頭都比我們大了一號。

「請問，可以抽菸嗎？」

一雄問道並取出一根夾在指間，戴眼鏡的傢伙不准，搶下菸塞回菸盒裡。玲子幫茂子穿上內褲。茂子臉色蒼白，哆嗦著扣上胸罩的鉤子。

我忍著上湧的吐意，問道：

「來這裡有什麼事嗎？」

三人面面相覷笑了出來。

還好意思問有什麼事？我告訴你，在外人面前，可不能這樣光著屁股啊，難道你不知道，人跟狗是不一樣的。

你們也有家人吧？這副模樣，難道他們都不會講話嗎？都覺得不算什麼嗎？嗯？我知道，你們八成也隨意濫交吧。喂妳，難道妳跟自己的老爸也這樣搞嗎？就是在說妳。

警察對著惠大聲斥責。淚水在惠的眼中打轉。呿，臭丫頭，還知道難過啊？

茂子一直抖個不停，玲子幫她扣上襯衫的鈕釦。

惠想去廚房，可是胖警察一把抓住了她的手臂。

在一股臭霉味的警察局裡，最年長的吉山交出悔過書之後，我們並沒有回公寓，而是直接前往日比谷野外音樂堂聽「巴凱茲」（The Bar-Kays）的演唱會。一夥人個個睡眠不足無精打采。在電車上誰也沒開口。

「嘿，幸好大麻脂沒被發現哪，龍。明明就在那些傢伙眼前都不知道，八成只是派出所的小角色，運氣好，萬一是保安警察就慘了。」

到站下車時吉山嘻皮笑臉這麼說，惠一臉不悅朝月台吐了口口水。在車站的廁所裡，茂子將尼布洛分發給眾人。

一雄喀啦喀啦嚼著尼布洛，邊問玲子。

「喂，剛才在那裡，妳跟那個年輕的傢伙說了什麼？在走廊上。」

「那個警員跟我說，他是『齊柏林飛船』的歌迷哩，還說是設計學校畢業的。人挺不錯。」

「是喔，早知道的話閃光燈失竊就找他報案啦。」

我也嗑了尼布洛。

來到可以看見會場的樹林之處時，一夥人都已經暈乎乎的了。為樹林所環抱的音樂堂傳出連樹葉都為之震動的大音量搖滾樂。穿著輪鞋的孩子們隔著會場外圍的鐵絲網，打量舞台上蹦蹦跳跳的長髮人類。坐在長椅上的一對男女看見吉山腳上的橡膠拖鞋，偷偷相視而笑。一位懷抱嬰兒的年輕母親皺著眉頭直看著我們。幾個手拿大氣球的小女孩被突如其來的主唱嘶吼嚇得當場愣住。其中一人手一鬆氣球飛走，好像就快哭了。

紅色的大氣球緩緩向上飄去。

「我沒錢喔。」

在入口處買票時吉山這麼對我說。茂子表示主辦單位裡有熟人，逕自繞到舞台那邊去了。惠自己買了一張，立刻就入場了。

「我的錢也不夠買兩張啊。」

聽我這麼說，吉山就表示他還是爬鐵絲網進去好了，並邀同樣沒錢的一雄繞到後面去。

「那兩個傢伙會不會有問題啊？」我問道，可是吉他演奏的音量實在太大，玲子似乎並沒有聽到。舞台上排放著各式各樣的擴大機和喇叭，簡直就像是積木的樣本一樣。一個身穿綴有藍色飾繡的緊身連身褲的女人，正用含混不清的聲音唱著〈我和巴比麥基〉（Me And Bobby McGee）。每當那閃閃發亮的大鈸一響，她便猛地挺一下腰。前方座位的聽眾邊拍手邊唱和舞動。全場的聲音如漩渦般轉動向天空升去。每次彈吉他的男人右手朝下一刷，我的耳朵就嗡嗡作響。零散的聲音集結成厚實的一束橫掃地面。會場呈扇形，我沿著距離舞台最遠的外圍行走，感覺就像是走在夏季蟬聲齊鳴的晌午樹林中一樣。有人揮舞著用來吸膠變得白濁的塑膠袋、有人摟著咧嘴大笑的女人的肩、有人穿著印有吉米・罕醉克斯的T恤，地面充斥著各種踩踏聲響。皮拖鞋、用皮繩綁住腳踝的涼鞋、釘有馬刺的銀色合成皮靴、赤腳、漆皮高跟鞋、籃球鞋，五顏六色的口紅、蔻丹、眼影、頭髮和腮紅和著音樂搖擺，形成一股巨大的喧囂。啤酒冒著泡湧出瓶口，可樂瓶被打碎，香菸的煙霧不斷升起；額頭嵌有鑽石的外國女人脖子上汗水直流；一個鬍鬚男揮舞著捲起來的藍色頭巾，站上椅子抖動肩膀。戴著金邊太陽眼鏡，帽子上插有羽毛的女人吐了口口水，張大了嘴，咬著自己臉頰內側的肉。雙手握在身後扭腰擺臀。弄髒了的長裙如波浪般擺動。彷彿空氣的震動集於一身，不斷地前彎後仰。

「喂，龍，這不是龍嗎？」

走道旁飲水機那邊鋪著一塊黑色毛氈，陳列著手工打造的金屬飾品、掛有獸牙或獸骨的胸針和項鍊、印度的香，以及瑜珈和迷幻藥的相關書冊，擺攤的男子出聲喊住我。

「怎麼開始做買賣啦？」

這個在以前我們常泡的那家喫茶店裡認識，每回聽到『平克・佛洛伊德』必定會伸開雙手不住旋轉，綽號鬱卒仔的傢伙，衝著走近的我笑了。

「沒有啦，只是朋友要我來幫個忙而已。」說著搖了搖那張瘦削的臉。趿著一雙涼鞋，腳趾骯髒，門牙缺了一顆。

「眞是夠啦，最近到處都在搞這種玩意兒，前一陣子還冒出了什麼裘利（譯注：澤田研二的暱稱音譯）還有嘯健（譯注：萩原健一的暱稱音譯），我都朝他們扔石頭哩，聽說你在横田基地那邊混哪？怎麼樣，有意思嗎？」

「還不錯，因爲有黑人，跟黑人混可有意思啦，那些傢伙有夠屌，哈草灌伏特加之後晃晃悠悠吹起薩克斯風可眞是沒話說，實在是屌。」

茂子在最靠近舞台處跳著舞，身上的衣服幾乎要脫光了。兩個攝影師對著茂子猛按快門。一名男子將點燃的紙屑扔進觀眾席，被好幾個警衛圍住架了出去。一個小個子男人拿著吸膠的塑膠袋搖搖晃晃爬上舞台，從後面抱住唱歌的女人。三名工作人員過去要將他拉開。男人緊緊抱住藍色飾繡緊身連身褲女人的腰，並企圖搶奪麥克風。貝斯手氣得抄起麥克風架朝男人的背打去。男人手撐著腰往後仰就要倒下時，被貝斯手補上一腳踹落觀眾席。原本正在跳舞的聽眾紛紛叫嚷閃避。仍然抓著吸膠塑膠袋臉部著地的男人，隨即被警衛拉著兩條胳臂拖到會場外面去了。

「龍，還記得小萌嗎？就是那個在京都跑來說要幫我們彈電子琴的女孩，記得吧？眼睛大大的，還扯了個大謊，說她是藝術大學中途輟學的。」

鬱卒仔從我胸前口袋掏了根菸，邊說邊點了火。從缺牙的地方將煙噴出。

「記得啊。」

「她來東京，之前住我那兒，原本也想告訴你，可是不知道你的地址。她說來也是爲了想見見你，是在你退出之後沒多久的事情。」

「眞的啊，我也想見見她哩。」

「她跟我同住了好一陣子。眞是個好女孩哪，龍，她實在是個好女孩，心地非常善良，看到一隻賣不出去的兔子覺得可憐，就脫下手錶換了回來。有錢人家的小姐，戴的可是歐米茄哩，換了隻髒兮兮的兔子，實在可惜，就是這樣的一個女孩子。」

「還在嗎？」

鬱卒仔沒有回答，拉起褲管露出左小腿。粉紅色的增生疤痕從小腿肚一直向上延伸，皮膚收縮緊繃。

「怎麼，是燒傷的嗎？怎麼回事？傷得這麼重。」

「是很嚴重啊，嗑了藥之後迷迷糊糊地跳舞，就在我住的公寓裡。暖爐燒到了裙子，是條長裙，又是易燃的布料。轟的一聲，轉眼之間就連臉都看不到了。」

他撥開垂下來的頭髮，將菸頭在涼鞋底上捻熄。

「燒得焦黑喔，你應該沒看過燒死的屍體吧，實在可怕。她老爸立刻趕來，你猜那丫頭幾歲？十五啊，只有十五歲哪，嚇人吧，竟然是十五歲。」

他從口袋掏出口香糖，扔進缺了牙的口中。我搖搖手表示不要吃。

「要是一開始就知道是十五歲的話，我早就趕她回京都去了。她說自己二十一，看起來也挺老成，我就完全相信了。」

鬱卒仔表示考慮回老家去，邀我到時候去玩。

「我經常會想起，那丫頭當時的臉，也覺得對不起她老爸，我這輩子再也不嗑什麼白板了。」

「鋼琴沒事吧？」

「是說火災嗎？被燒的只有那丫頭而已，鋼琴連個焦痕都沒有。」

「不彈了嗎？」

「不，還會彈，是還會彈啦，龍，那你呢？」

「已經生鏽啦。」

鬱卒仔站起來，去小賣部買了兩瓶可樂回來。將剩下一半的玉米花遞給我。偶爾有溫暖的風吹過。

碳酸刺激著感覺因爲尼布洛而變得遲鈍的喉嚨。陳列在黑色毛氈上的一面鑲有邊飾的小鏡子，映出我黃濁的眼睛。

「我們以前不是玩過『門戶合唱團』的〈水晶船〉（The Crystal Ship）嗎？

「現在我每次聽到那首歌都會掉眼淚，一聽到那鋼琴聲，就會產生一種自己正在演奏的感覺，實在是受不了。或許不久之後不論聽什麼我都會受不了了吧，一切都只會令我覺得感傷而已。我已經放棄了，龍你有什麼打算？我們都已經快要二十歲了。我可不希望自己像小萌那樣啊，以後遇到那樣的女孩子我也不會再招惹了。」

「還會彈舒曼嗎？」

「不彈啦，不過我也已經想要告別這種不堪的生活了，只是又還不知道該幹些什麼才好。」

一群身穿黑色制服的小學生排成三行從下方的馬路走過。一個手持旗子看似老師的女人正大聲叮嚀小朋友注意什麼事情。有一個小女孩停下腳步，直望著留了長頭髮一副疲態倚靠在鐵絲網上的我們。戴著一頂紅帽子的她，被身後超越的同學推了推肩膀，卻還一直看著我們。直到老師推了一下她的頭，才連忙邁出步子。晃著白色的背包，跑回隊伍之中。在消失不見之前，又回頭看了我們一眼。

是出來教學旅行吧，我喃喃說道，小學生哪來什麼教學旅行啊，鬱卒仔吐掉口香糖笑著說。

「喂鬱卒仔，那隻兔子怎麼樣了？」

「兔子啊，後來還養了一陣子，可是看到就會想起傷心往事，又找不到人願意接手。」

「那給我養吧。」

「可惜，你晚了一步，已經被我給食了。」

「食了？」

「嗯啊，我去拜託附近的肉店幫忙，他們說那兔子還沒成年，也沒有多少肉。蘸了番茄醬來吃，有點硬。」

「是喔，原來是吃掉啦。」

巨型喇叭傳出來的聲音聽起來彷彿與舞台上那些傢伙的動作毫不相干。看起來就好像有一群化了妝的猿猴，正配合自太初就有的聲音跳著舞一樣。滿身大汗的茂子走來，看了鬱卒仔一眼之後過來抱住我。

「吉山找你喔，在那邊。說一雄被警衛打傷了。」

鬱卒仔又坐回他的黑毛氈前。「喂鬱卒仔，要回老家的時候記得通知我一聲啊。」我說完扔給他一盒KOOL菸。

「嗯，你也保重。」

他說著扔給我一個透明貝殼胸針。

「給你，龍，那個就叫水晶船喲。」

「我說茂子，聽這種玩意兒妳也可以跳得滿身大汗啊？」

「那還用問，不樂一下可就虧啦。」

吉山朝我招手，一邊還啾啾吸著大麻捲，吸嘴部分弄得濕答答的。

「一雄那個白癡，警衛就在旁邊還敢爬，結果來不及逃走，腿就給打傷啦。媽的，那警衛可眞夠狠的，竟然用球棒。」

「帶他去醫院了嗎？」

「喔，交給惠和玲子了，玲子說要回店裡看看。惠應該會陪一雄回到家吧，可是我很不爽，實在嚥不下這口氣。」

吉山將大麻菸遞給旁邊一個濃妝豔抹的女人。「咦，這什麼東西？」女人問。她的顴骨突出、眼睛周圍塗了厚厚藍色眼影，牽著一個男伴。是大麻啦，傻瓜。」那男人對女人咬耳根子。「喲，那謝啦。」女人眼睛發亮，這麼對吉山說之後，便跟男伴一起吞雲吐霧起來。

茂子在飲水機旁又嗑了兩顆尼布洛。身上汗水淋漓，被熱褲勒著的腹部一起一伏。一個戴著臂章的攝影師正打算拍過來抱住我的茂子。我抓住她摟著我脖子的手將她推開。

「喂茂子，夠啦，妳再去跳舞吧。」

「什麼嘛，人家特地搽了迪奧來耶，你最討厭了啦，掃興。」

她一吐舌頭，搖搖晃晃又鑽回跳舞的人群中。每跳一下，茂子那有一邊長了斑的乳房就隨之晃動一下。

吉山跑了過來對我耳語：「逮到修理一雄的那個傢伙了。」

一個光頭男子雙手被打著赤膊的混血嬉皮反剪，嘴巴被另一個男人用細皮繩緊緊綁住。地點是會場靠內側一處昏暗的廁所。骯髒的牆壁上滿是塗鴉和蜘蛛網，還有刺鼻的尿臊味。蒼蠅從破掉的玻璃窗飛出去。

警衛雙腳亂蹬掙扎著，吉山朝他的肚子賞了一拐子。

「喂，幫忙把個風啊。」

吉山的手肘再度擊落，幾乎一半都陷入警衛的腹部，警衛吐出了黃色的穢物。從被皮繩勒成一條線的嘴巴縫隙流到脖子，弄髒了印有米老鼠圖案的T恤。男人緊閉眼睛忍耐著痛。嘔吐物不斷流下，有些黏在粗皮帶上，有些滲進了褲子裡。「讓我來教訓他。」手臂肌肉虯結的混血嬉皮對吉山說，然後繞到警衛面前，低吼一聲狠狠甩了警衛一耳光，打得他的臉像是撕裂了一般扭向一旁。鮮血汩汩流出。八成是牙齒被打掉了吧，我心裡想。警衛失去意識癱軟倒地。不知吸食了什麼的混血嬉皮茫得厲害，甩開上前攔阻的吉山，紅著眼睛扭斷了警衛的左手。只聽見一聲像是折斷樹枝的清脆聲響。警衛呻吟著抬起頭，看見自己垂軟的手，瞪大了眼睛，開始在沾染小便的水泥地上翻滾。一圈、兩圈，邊滾邊用力挺身。混血嬉皮用手帕擦了擦手，然後將沾有血跡的手帕塞進在地上呻吟的警衛口中。在震耳欲聾的吉他演奏短暫停頓的片刻，連我都可以聽到警衛的喘息聲。待吉山等人離去時，警衛停止滾動，試圖向前爬行。右手在地上抓著，好像在暗處尋找什麼東西一樣。

「喂，龍，我們走吧。」

警衛的鼻子以下濕濕黏黏的都是血，看起來好像戴了一個黑色口罩一樣。額頭上暴出青筋，看著前方的地面努力爬著。用手肘撐著身體試圖在濕滑的水泥地上前進。或許是疼痛再次襲來，警衛不知嘟囔了什麼之後翻身仰躺，腳尖發抖。沾染了嘔吐物的肚子不住上下起伏。

電車裡亮晃晃的。轟隆聲與酒味令我覺得陣陣噁心。嗑了尼布洛的吉山迷迷糊糊的，紅著眼睛四處踱步，茂子則坐在車門旁的地板上。在地下鐵車站，我們又各嗑了兩顆尼布洛。我在茂子旁邊倚靠扶手站著，怔怔看著吉山撫胸嘔吐，嚇得周圍的乘客驚叫閃避。酸臭味飄了過來。吉山拿了置物架上的報紙來擦嘴。

只有稀薄液體的嘔吐物在電車的搖晃下逐漸擴散，後來上車的乘客沒人肯再進這節車廂。媽的，吉山低聲咒罵了一聲，用手拍打窗子。我的腦袋沉甸甸的，緊緊抓住扶手以免倒下。茂子抬起頭握住我的手，可是我的感覺變得遲鈍，沒有觸及他人的手的反應。

「噯，龍，我好像累到快死了一樣。」

茂子一直吵著要搭計程車回去。吉山走到了車廂盡頭一個背對著我們看書的女人面前。發現淌著口水的吉山，女人立刻想逃。吉山抓住尖叫的女人的手臂一拽，將她的身體拉回來緊緊抱住，並扯破她的薄襯衫。尖叫聲蓋過了電車的聲響。其他乘客紛紛躲到別的車廂去了。女人的書掉了，手提包裡的東西散落一地。「肚子好餓啊。」好像快睡著了的茂子滿臉嫌惡朝那邊瞥了一眼之後喃喃說道。

「龍，想不想吃披薩?鯷魚披薩，再灑上一堆塔巴斯哥辣醬，嗆辣夠味，想不想吃啊?」

女人推開吉山跑了過來。手掩裸露的胸部，下巴朝前探出，一路避開地上的穢物。我伸腿絆倒女人再拉她起來，並試圖強吻她的唇。女人緊咬牙關搖著頭，要把我推開。

「媽的混蛋！」吉山低聲咒罵望著我們的乘客。那些人隔著車廂門的玻璃看著我們，好像在動物園窺探籠中的動物一樣。

電車一到站，我們朝那女人吐了口口水跳上月台拔腿就跑。「喂，抓住那些傢伙！」一個中年男人從車窗探出頭來大喊，領帶隨風飄著。吉山邊跑邊吐。襯衫沾著濕黏的穢物，橡膠拖鞋聲在月台上響著。茂子臉色蒼白，涼鞋提在手上赤著腳跑。吉山在樓梯上滑了一跤。眼睛上方撞到扶手，傷口鮮血直流。吉山邊跑邊咳嗽，嘴裡還直嘟囔。茂子在收票口被檢票員一把抓住胳膊，吉山從後面揍了那人的腦袋。進了通道，我們隨即鑽進人群中。我扶起想要蹲下的茂子。眼睛發疼，一揉太陽穴眼淚就流了出來。強烈的嘔意如波浪般從通道的瓷磚往上湧，我立刻緊緊捂住嘴巴。

步履蹣跚的茂子身上，直到今天早上都依然殘留著的黑人體味已經完全消失了。

綜合醫院的中庭仍留有積水。一個抱著一疊報紙的孩子避開帶著輪胎痕的泥濘跑過去。

聽得到鳥叫，可是看不見鳥的蹤影。

昨天晚上回到公寓時，我一聞到鳳梨的味道就吐得唏哩嘩啦。

在電車裡強吻那個女人時，她直盯著我的眼睛，刹那間出現一副很奇特的表情。當時我自己究竟是什麼樣的表情呢？

一隻鳥飛來落在公寓的院子裡，啄食住在一樓的一對美國夫婦所撒的麵包屑。鳥匆匆四下張望，叼起來之後就迅速吞下。非常靈巧地啄食落在小石子間的麵包屑。一個頭上包著布巾的清潔婦從旁邊走向醫院，鳥也沒有飛走。

我所在的位置看不到鳥的眼睛。我喜歡那種眼睛周圍有一圈鑲邊的鳥。

頭上長著紅色冠羽，灰色的鳥。

忽然想到，或許可以拿還沒扔掉的鳳梨來餵鳥。

東方的雲層裂開，陽光從縫隙射下。空氣一接觸到陽光就變得白濁。一樓的陽台門嘩啦一聲打開，鳥立刻飛走了。

我回到屋裡將鳳梨端出來。

「妳好，不知道可不可以拿這個來餵鳥？」

我對探頭出來的那位美國太太這麼說。「扔到那裡吧，鳥自然就會去啄了。」看起來很親切的她指著白楊樹的樹根這麼說。

扔過去的鳳梨摔落地面變了形，但還是慢慢滾到了白楊樹下。鳳梨落地的聲音，令我想起昨天廁所裡的那場私刑。

美國太太牽著貴賓狗似乎正要出去散步。看了看鳳梨，或許是因為陽光刺眼，她舉手遮著眼睛抬頭望向我，點頭笑著說：「鳥應該會喜歡的。」

「沖繩仔，後來你上哪兒去啦？我們都很擔心哪。」

「這傢伙跑去住賓館啦，竟然一個人去住愛情賓館，太過分了。但是他這副模樣引得賓館的人起疑，只好趕緊爬窗子逃走，錢都付了，實在是不像話。那可是我的錢哪，不過算了。」

到了下午，玲子帶著沖繩仔一起過來。沖繩仔又喝得醉醺醺，渾身酒臭，跟玲子說馬上幫她打海洛因，可是被硬推進浴室。「我在派對上跟三郎他們廝混的事情，可別讓沖繩仔知道啊，不然他會殺了我的。」玲子小聲對我咬耳根子，我笑著點點頭，她自己也褪去衣物跟著進了浴室。

昨天晚上，惠沒有過來這裡，吉山爲此相當生氣。沖繩仔帶了張「門戶合唱團」的新唱片來，他也顯得興趣缺缺。

浴室裡傳出玲子的呻吟聲，一臉不以爲然的茂子開口了。

「龍，放個音樂來聽聽吧，就只知道打炮，煩都煩死了，我覺得，應該還有非常多其他有趣的事情才對吧。」

我剛把唱針放到「門戶合唱團」的唱片上，瘸著腿的一雄扶著惠的肩出現，問道：「派對之後是不是有紀念品？我們是來拿的。」兩人都嗑了尼布洛，恍恍惚惚的，並當著吉山的面舌吻起來。

一雄邊吻邊瞄著吉山，臉上一副忍俊不禁的神情。

吉山突然抱住旁邊躺在床上看雜誌的茂子，作勢就要吻下去。「幹什麼啊，大清早的別來這一套，你就只知道這個嗎？」茂子大聲拒絕。惠見狀笑了出來，吉山瞪著她。茂子把手上的雜誌朝地毯一扔，「龍，我先回去啦，快累死了。」說著拿起來時身上那件天鵝絨洋裝穿上。

「惠，妳昨晚住哪裡？」

吉山下了床這麼問。

「住一雄那裡啊。」

「玲子也一起嗎？」

「玲子和沖繩仔上賓館去啦。是新大久保那家叫愛情神宮什麼的，聽說天花板上全是鏡子耶。」

「妳跟一雄做了吧？」

吉山和惠的爭吵，茂子邊聽邊搖頭。簡單化了個妝整理一下頭髮，「龍，給點大麻脂吧。」她拍拍我的肩膀這麼說。

「幹嘛老把做了沒做這種事情掛在嘴邊，羞不羞啊，大家都聽著哪。」

「吉山，你眞的不該說這種話，我受了傷，她只是去幫忙照料而已。別在大家面前這樣胡說八道。」

一雄笑嘻嘻地對吉山這麼說之後，問我閃光燈找到了沒。見我搖頭，他彎下腰撫著纏了繃帶的腳踝，喃喃說道：「那可是我不久之前才花了兩萬買的啊。」

「喂，龍，送我去車站吧。」

在門口穿鞋的茂子說道，然後對著鏡子調整一下帽子的位置。

「咦，茂子要回去啦？」裹著浴巾，從冰箱拿了可樂出來喝的玲子這麼問。

途中經過一家店，茂子賴著我要買少女雜誌和菸。面熟的香菸舖女孩子正在店門口灑水，對我打招呼：「哎呀，約會啊，眞好啊。」她穿著亮奶油色緊身褲，內褲的輪廓清晰可見。她在圍裙上擦乾手上的水，把菸遞過來時，眼睛看著茂子搽了紅色蔻丹的腳趾甲。

「屁股還疼嗎？」

「上廁所的時候還有一點，可是那個人，傑克遜人很好耶，這條圍巾就是他在基地的商店買給我的，是浪凡（LANVIN）的喔。」

「茂子，還會來嗎？看妳好像很累。」

「嗯，是鬧得太凶了些，不過如果還有派對的話，我應該還是會來吧，可以玩的機會畢竟不多，不是嗎？沒什麼有意思的事情，再說我早晚也要嫁人的。」

「怎麼，原來妳有結婚的打算哪。」

「那還用說，你以爲我不想結婚喔？」

十字路口有一輛大卡車霸道地右轉，揚起漫天的沙塵。我吐掉吸進嘴裡的細沙。「怎麼開車的啊。」一個郵差下了腳踏車，邊揉眼睛邊嘀咕。

「噯龍，你多注意一下吉山吧，那傢伙老是打惠，多注意一下啊。每次一喝醉就失控，經常動手動腳的。記得講講他啊。」

「是眞打嗎？只是鬧著玩的吧？」

「才怪呢，有一次把惠的牙齒都給打掉了。吉山那傢伙也實在莫名其妙，一喝醉就好像變了個人似的，反正你找機會說說就對了。」

「茂子，妳家裡人都好嗎？」

「嗯，只不過我爸有些小毛病，我哥呢，龍，你也知道的，實在太過一板一眼。所以我才會變成這個德行，不過，他們最近似乎也想開了，聽到我說照片上了《安安》（anan），我媽很開心呢，應該是眞的很高興吧。」

「都已經入夏了，妳不覺得雨好像少了點嗎？」

「是啊。龍，烏茲塔克的電影，你看過嗎？」

「嗯，怎麼問這個？」

「現在會不會想再看一遍？現在再看的話，不知道會不會覺得無聊喔，你覺得呢？」

「一定會覺得無趣，不過還是會覺得吉米．罕醉克斯很屌吧，因為他一直很屌。」

「果然會覺得無趣啊，可是搞不好還是會深受感動，但是以後說不定又會覺得無趣了，我還是想看一下啊。」

「呀——呀——呀——」駕著黃色跑車從旁駛過的多美和鮑伯大叫著。茂子笑著朝他們揮揮手，將手中的菸頭扔到地上用高跟鞋的細跟踩熄。

「你有什麼權利對我這麼說話？你到底想怎麼樣？我們又沒有結婚，那你到底要怎麼樣才會滿意啊？你希望我做什麼？要我說我愛你嗎？是這樣嗎？那我可以說啊，不過你別碰我的身體，也別再囉囉唆唆的了，拜託拜託。」

「惠，妳誤會了，別生氣啊，妳不要誤會，我的意思是，我們別再互相折磨了，好不好？過去我們不是一直在互相折磨嗎？別再這樣了，妳懂嗎？有沒有在聽啊？惠。」

「聽到啦，有話快講有屁快放啦。」

「惠，我不想跟妳分手，我要去工作去碼頭當搬運工，在橫濱一天能掙六千圓，很不錯吧？我會努力去做，不再讓妳煩惱了，妳要跟別的男人玩我也沒意見，之前妳跟老黑廝混我可什麼都沒說吧？反正，我們就不要再互相折磨了，像現在這個樣子爭吵一點意義也沒有啊，我明天就去工作，我有的是力氣。」

惠的手臂仍然摟在一雄肩頭，並沒有拿開的意思。一雄當著吉山的面嚼碎尼布洛吞下，嘻皮笑臉瞧著兩人吵嘴。

身穿著一條內褲的沖繩仔渾身冒著熱氣從浴室走到廚房，一屁股坐在地上注射海洛因。

玲子齜牙咧嘴往自己的手背上扎針，「喂玲子，妳什麼時候學會往那裡打的啊？」玲子聽了連忙看著我，「當然是跟龍學的嘛。」說著還朝我擠眼睛。沖繩仔對玲子說道：

「妳的胃口越來越大了嘛。」

「少胡說八道了，我又不喜歡做愛，沖繩仔，難道你不相信我？除了你，別人我可沒興趣啊。」

惠站起來放上「伯茲合唱團」（The Byrds）的首張專輯，將音量開得老大。

吉山仍在說著，她假裝沒聽到。吉山伸手將擴大機的音量轉小，「我們談一談吧。」他說。

「沒什麼好談的啊，我想聽『伯茲』，開大聲一點啦。」

「惠，妳脖子上的草莓是一雄種的嗎？對不對？是一雄吧？」

「笨蛋，是派對上搞的啦，是老黑留的，要不要看看這邊？這也是老黑吸的。」

惠撩起裙子，露出大腿上一大塊吻痕。「不要這樣吧，惠。」一雄說著將惠的裙子拉下來。

「腿上那個我知道，可是脖子上的昨天還沒有吧？喂龍，你說是吧？昨天還沒有啊。一雄，是你種的對不對？敢作敢當啊，一雄，我不會怎麼樣的。」

「我的嘴可沒那麼大，再說若是眞不在意的話，吉山你幹嘛火氣這麼大？」

「噯龍，幫忙開大聲一點。我今天一起床就想聽這個，所以才特地繞過來，開大聲一點吧。」

我躺在床上，裝作沒聽見惠的話。我懶得下床走到音響那裡，索性剪起腳趾甲。玲子和沖繩仔拿了條毛毯鋪在廚房，趴在上面睡著了。

「我要說的並不是種草莓這件事，這都是老生常談了。我要說的是更本質的問題。是說我們彼此應該更體貼一些，應該要互相照顧，是指這一方面的事情。我們和那些凡夫俗子生活在不同的次元，更應該互相照顧才對。」

「吉山，你這是什麼意思？就算是凡夫俗子，也沒有什麼不同的次元啊。」一雄邊摩挲著腳邊這麼問吉山。

吉山瞧也沒瞧一雄，低聲說了句：「不干你的事。」

我的趾甲有股跟鳳梨一樣的味道。腰部觸到了什麼東西，拿開枕頭一看，原來是茂子遺忘的胸罩。

繡了花的鋼絲胸罩，還帶著洗潔劑的味道，我隨手扔進壁櫥裡。想到那時滑落的銀色晨褸與傑克遜溫熱精液的味道，我不禁想吐。感覺就好像仍有少許黏附在口中某處，舌頭一繞好像那味道又不時會回來似的。將剪下來的腳趾甲朝陽台扔去。醫院中庭有個女人牽著一條狼狗在散步。女人跟一個遇到的人打招呼，站在那裡聊了起來。狼狗拉著狗鏈直想往前。從我這裡看去，女人嘴裡好像江戶時代的女人一樣黑黑的（譯注：當時的風俗，已婚婦人會將牙齒染黑），莫非患有嚴重的蛀牙嗎？笑的時候還會誇張地遮著嘴。狼狗望著前方汪汪叫，一個勁兒想往前走。

「我們兩個互相需要，是不可分的。雖然我經常失控，可是惠，我只有妳了，老媽已經不在了，我們的敵人很多不是？妳要是被保護司查到就會有麻煩，而我如果再被抓一次，就得進感化院啦。所以我們應該互相扶持，就像以前那樣，剛認識的那個時候，我們不是曾經一起在京都的那條河裡游過泳嗎？我好想回到那個時候啊。我不明白，爲什麼我們總要這樣吵個不停，應該更團結更努力才對嘛，錢根本不是什麼問題，我們不是都熬過來了嘛，而且我還會去工作。對了，茂子跟我提過，六本木有個地方可以撿到桌子、櫃子，甚至連梳妝台、烤箱什麼的都有哩。到時候，妳可以幫忙上個漆。

「還可以存錢，我去工作就有錢可以存啦，惠，到時候妳要養貓也不成問題了。以前不是在東急看過一隻灰色的波斯貓，妳說很喜歡，我買給妳啊。還要找個公寓搬家，找個有廁所的房子，讓心情也煥然一新。

「要不然，也可以像龍一樣到福生來，租一棟大屋跟茂子還有沖繩仔他們一起住也不錯吧？這一帶有許多美軍的大屋，房間很多，又有大麻，每天都可以開派對哩。再買輛便宜的中古車，聽說龍好像有個老外朋友正打算要賣，我會去考駕照，一定馬上就可以拿到，然後我們就可以開車去海邊了，多開心哪，惠，我們可以過得很開心呀。

「我老媽去世的時候，我並不是故意冷落妳，妳要體諒我呀，惠，老媽的後事總不能隨隨便便吧，總之現在老媽已經不在，我只有妳了，怎麼樣？跟我回去，我們重新開始吧。

「妳要明白我的心意啊，惠，明白了吧？」

吉山想撫摸惠的臉頰。惠冷冷拂開他的手，低著頭笑了。

「瞧你一臉認眞說得煞有介事，羞不羞啊？大家都在聽著哪，你老媽如何如何，跟我有什麼關係？我不認識你老媽，跟我沒關係啊，只要跟你在一起，我就覺得很討厭自己，你明白嗎？我已經快受不了了，我覺得自己好悲慘，跟著你，我就會覺得自己好不堪，我不要再繼續忍受了。」

一雄一直忍著笑。吉山講話的時候，一雄捂著嘴巴拚命忍著笑。他和我互望一眼繼續聽著，等到惠吐苦水的時候，終於忍不住笑了出來。「什麼啊，還說什麼波斯貓，笑死人了。」

「吉山，不然這樣，如果你有什麼話想說，就先去當鋪把我那條項鍊贖回來吧。把我爸爸給我的金項鍊贖回來再說，到時候再說吧。

是你拿去當掉的啊，你喝得醉醺醺的，說要去買白板。」

惠哭了起來。臉微微抖動著。一雄見狀這才止住笑。

「啊，妳怎麼說這種話，當時妳也同意拿去當的不是？想要嗑白板，是妳先說的啊，也是妳先提議要拿去當的啊。」

惠擦了擦眼淚。

「別再說了，你就是這種人，我不想再聽了。你大概不知道，後來我哭了，在回家的路上哭了，你大概根本就沒發現吧。你還在唱歌呢。」

「沒有的事啦，惠，妳不要哭，我很快就會去贖回來，很快。我去當搬運工之後馬上就去贖，還來得及，還沒有流當啊，別哭了嘛，惠。」

擤了鼻涕擦掉眼淚之後，無論吉山再說什麼，惠都不理不睬。接著要一雄陪她出去一下。一雄指指自己的腳，以太累回絕，可是仍然被硬拽起來，發現惠又淚眼汪汪，才勉爲其難答應。

「龍，我們上屋頂去，等等來給我們吹個長笛聽聽吧。」

門關上後，吉山大聲呼叫惠，可是外面沒有任何回應。

臉色蒼白的沖繩仔打著哆嗦端了三杯咖啡過來。少許咖啡因爲抖動而灑到地毯上。

「唉，吉山，喝杯咖啡吧，你也眞夠窩囊的啊。想開一點吧，反正也不能怎麼樣。來，喝咖啡。」

吉山謝絕了咖啡，沖繩仔嘟囔了一聲：「隨你的便。」吉山縮著身子面對牆壁唉聲嘆氣，一副欲言又止的模樣。我可以看到躺在廚房地上的玲子。胸口緩緩起伏，像條死狗似的雙腿癱軟張開伸著。身子偶爾抽動一下。

吉山瞥了我們一眼站起來，想要出去。他看了看睡著的玲子，打開水龍頭喝了水之後打開門。

「喂吉山，別出去，留在這裡吧。」我說道，可是只傳來關門的聲音。

沖繩仔嘖了嘖露出苦笑。

「那兩個人已經沒指望了，可是吉山還不明白這一點，因爲他是個笨蛋。

「龍，要不要打海洛因？這次的貨很純，還剩一些。」

「不了，今天有點累。」

「是喔，你在練長笛嗎？」

「沒練了。」

「可是將來還是會搞音樂吧？」

「那種事情誰知道呢，反正現在我什麼也不想做，好像什麼都提不起勁。」

放了沖繩仔帶來的「門戶合唱團」來聽。

「覺得消沉嗎？」

「算是吧，可是又不太一樣，跟消沉這種說法不太一樣。」

「前幾天遇到黑川，那傢伙說感到絕望，我聽不懂他那些話的意思，可是他說絕望喔。還說要去阿爾及利亞，去參加游擊隊。不過那些話是跟我這種人講的，八成不會眞去吧，那種傢伙的想法，跟你不一樣吧？」

「黑川？嗯，我和他不一樣，我啊，只是覺得現在很空虛，空虛啊。

「以前是過得多采多姿，可是現在只剩空虛，什麼事也做不了，不是嗎？因爲空虛啊，所以我想再觀察各種事物，想各方面多看看。」

沖繩仔泡的咖啡太濃沒法喝，只好再燒開水稀釋一下。

「那，是打算去印度那種地方吧？」

「什麼？去印度幹嘛？」

「去印度增廣見聞呀。」

「幹嘛非去印度不可啊？沒那個必要，在這裡就夠了。就在這裡看，用不著去印度。」

「那麼要用ＬＳＤ？要進行各種實驗？我實在搞不懂你打算怎麼做。」

「唔，我也不懂，因爲我自己也不知道該怎麼做才好。至少印度是不會去的啦，我並沒有什麼想去的地方。最近哪，我經常獨自一個人欣賞窗外的景色，好比下雨啦、鳥啦，或是路上一般的行人。只是一直看著，就覺得很有意思，我所說的觀察各種事物就是這個意思，不知道爲什麼，最近我覺得景色看起來都非常新鮮。」

「別說那種老氣橫秋的話，龍，會覺得景色看起來新鮮，是老化的現象哪。」

「大錯特錯，我說的是另一回事。」

「一點也沒錯，你比我年輕許多所以不懂，你呀，還是練長笛好了，你應該練長笛才對，少跟吉山那種傻蛋鬼混，好好努力一下吧，有一回我過生日，你還爲我演奏過呢。

「記得那是在玲子的店裡，當時好開心哪。不知怎地，當時只覺得興奮期待，有種難以言喻的感覺，覺得非常溫馨。我不太會形容，有點像是跟人大吵一架之後又重歸於好的感覺。那時我只覺得，覺得你這小子多麼幸福呀，實在是羨慕你，羨慕能夠帶給我那種心情的你。也不知道那是什麼道理，不過我自己是完全做不到。那種心情，我後來就再也沒有過了。哎，也許有些事情只有實際經歷過的人才會明白吧。雖然我只是個沒用的癮君子，有時海洛因癮頭一犯，滿腦子就只想要趕快打趕快打，有時爲了弄到海洛因好像要我去殺人都可以，那種時候，我都會有種想法。覺得好像存在著什麼東西，我是說，在我和海洛因之間，如果存在著什麼東西似乎也不錯。雖然實際的狀況只是我渾身哆嗦發了瘋似的想要打海洛因而已，卻覺得如果只有我和海洛因的話，好像缺少了什麼。打了之後自然是什麼也不想了。至於缺少了什麼，我也搞不清楚，反正不是玲子也不是我老媽，我想到的是那時候的長笛。所以一直想找機會跟你聊聊。龍，我不知道你是在什麼樣的心情下吹奏長笛的，可是我覺得非常美好，我一直希望能夠像當時的你一樣。每次將海洛因吸進針筒裡的時候我都會想，自己已經完蛋了，因爲身體已經都爛了。你看，臉上的肉都變得這樣鬆垮垮的，一定活不了多久啦。無論什麼時候會死我都不在乎，無所謂，反正也沒有什麼好後悔的。

「只不過，我很想搞清楚聽你吹奏長笛那時所產生的心情，究竟是怎麼回事。我只對那個有感覺，想知道那到底是什麼。如果弄明白了，我搞不好還會戒掉海洛因呢，想不到吧？不然這樣好了，你去練長笛吧，如果我賣海洛因掙了錢，就送你一支高檔的長笛。」

沖繩仔的眼睛混濁，滿是血絲。他說這些的時候一直端著咖啡，灑出來的咖啡弄髒了他的褲子。

「喔，那就先謝啦，村松的不錯。」

「嗯？你說什麼？」

「村松，一個長笛的品牌，我想要一把村松的。」

「村松啊，知道了。等你過生日的時候當作禮物，到時候再吹給我聽啊。」

「打個岔，龍，你快去攔著吧，我可不想再管那兩個人的閒事啦，腳實在太痛了。」

一雄喘著大氣推開門，告訴我們吉山在對惠動粗。

沖繩仔躺在床上什麼也沒說。

屋頂上果眞傳來惠的慘叫聲。不是呼喚人的聲音，而是挨揍瞬間的放聲慘叫。

一雄拿了原本要給吉山那杯冷掉的咖啡來喝，抽著菸，開始動手更換腳上的繃帶。「不快點過去的話，吉山搞不好要鬧出人命了，那傢伙可不是什麼正常人。」一雄這麼嘀咕著。

沖繩仔坐起身子對一雄說：

「算啦算啦，甭管了，隨他們愛怎麼樣就怎麼樣，煩死了，眞是的。倒是一雄，你那腳是怎麼回事？」
「啊，狠狠挨了一棒子。」
「什麼人？」
「一個日比谷的警衛，說來話長，反正是件倒楣事，早知道就不去了。」
「那是打撲傷吧？一般打撲傷不必包繃帶，貼個撒隆巴斯就好啦，難道骨折了？」
「沒，可是那傢伙的球棒上釘了釘子，非消毒不可，你應該也知道，釘子最容易造成發炎化膿了。」
在隨風晃蕩的晾曬衣物那一側，吉山正拽著惠的頭髮，用膝部猛頂她的肚子。每挨一下，鼻青臉腫的惠就呻吟一聲。
我上前將口裡流出血身體癱軟的惠跟吉山隔開。吉山渾身冒著冷汗，我摸到他的肩膀，肌肉完全是僵硬的。

惠躺在床上痛苦呻吟。牙齒喀嗟喀嗟作響，一下子緊抓床單，一下子捂著挨揍的部位。玲子從廚房搖搖晃晃爬起來，狠狠給了正在哭泣的吉山一個耳光。

一雄皺著眉頭爲傷口消毒，再搽上味道強烈的藥。沖繩仔用開水溶了尼布洛給惠喝下。

「這下子嚴重了，怎麼可以揍肚子啊。吉山，要是惠死了，你就成殺人犯了。」沖繩仔對吉山說道，「那我就跟著一起死。」吉山哭喪著臉回答，一雄聞言噗哧笑了出來。玲子拿冰毛巾敷在惠的額頭上，並爲她擦拭臉上的血。翻開衣服一檢查，腹部一片青紫，顯然有內出血，可是惠堅持不肯上醫院。吉山走上前看著惠的臉，眼淚滴落在她的肚子上。惠的太陽穴浮現青筋，仍繼續吐出黃色的液體。右眼的眼皮、眼白和瞳仁都變得血紅。玲子翻開惠受傷的唇，試著用紗布爲被打掉牙齒的地方止血。

「對不起，惠，對不起。」吉山小聲說道，聲音沙啞。這時一雄換好了繃帶，說道：「道歉有什麼用？自己打了人再道歉，太差勁了。」

「去洗把臉吧。」

玲子推了推吉山的肩，指著廚房。「你這張臉實在讓人受不了，快點，先去洗洗吧。」

沖繩仔上前問要不要打海洛因，惠放開捂著肚子的手，對他搖搖頭，喘著氣說道：

「不好意思，壞了大家的興致。不過，這下子總算結束了，就因爲打算要結束，我才會這樣忍耐著。」

「原本也沒什麼興致可以壞，別放在心上。」沖繩仔笑著說。

吉山又哭了起來。

「惠，不要跟我說結束了，惠，不要離開我，求求妳，原諒我呀，我願意做任何事情。」

沖繩仔把吉山推向廚房。

「好啦，知道啦，你先去洗把臉再說。」

吉山點點頭，用袖子擦了擦眼淚，走向廚房，傳來嘩嘩的自來水聲。

看到吉山回來，一雄大聲叫了出來。「這傢伙沒救了。」沖繩仔搖著頭這麼說。玲子見了立刻尖叫並且閉上眼睛。原來吉山的左手腕割破了好大一道傷口，鮮血不斷流到地毯上。一雄站起來大喊：「龍，快叫救護車！」

「惠，妳明白我的心意了吧。」吉山搖搖晃晃用右手撐著左手掌，饢著鼻子說道。

正準備去叫救護車時，惠一把抓住我的手臂攔阻。惠在玲子的攙扶下起身，直視杵在那裡鮮血直流的吉山的眼睛，而後走向他，輕輕撫觸那傷口。吉山已經停止哭泣。惠將吉山割傷的左手腕抬到眼前，歪著腫起來的嘴唇，費力地說：

「吉山，我們現在要去吃飯了，大家都還沒吃午餐呢。你想死的話，就自己一個人去死吧，不要給龍找麻煩，到外面自己一個人去死吧。」

手捧花束的護士自打過蠟的走廊走過。護士只有一隻腳穿了襪子，另一邊的腳踝裹著繃帶，繃帶上染了黃漬。在我前面，一個晃蕩著兩條腿似乎很無聊的小女孩，發現這束包著閃閃發亮玻璃紙的花束，拍了拍坐在一旁應該是母親的婦人的肩膀，輕聲耳語：「那應該很貴吧。」

一個左手抱著幾本週刊，拄著腋下拐的男人，從等候領藥的隊伍間穿過。右邊的大、小腿像根棒子一樣挺直，腳踝向內扭曲，腳背到腳趾處長有一層白屑。其中小趾和無名趾看起來只像是從腳形的肉塊上冒出來的肉瘤。

我的旁邊是一個脖子上裹著好幾層硬繃帶的老人。「我啊，」老人開口向對面織毛衣的女人搭訕。

「我啊，是來這裡拉脖子的。」老人說道。下巴垂著幾根乾枯的白毛，混在皺紋中難以分辨、有如一道刀傷的眼睛，看著女人規律運動著的手。

「跟妳說，那可眞是痛啊，甚至讓我覺得自己怎麼還沒死啊，死了還比較乾脆，實在是不敢領教。難道就沒有其他方法，沒有其他適合老年人的方法嗎？」

老人摸著脖子笑了，那笑聲好像是漏了氣一樣。黝黑，脖子粗壯的女人看著老人，手上也沒停下來。

「可眞是受罪呀。」

老人聞言笑了笑，撫摸自己長著紅色和褐色斑的臉，乾咳了幾聲。

「唉，到了這把年紀也不該開車啦，而且我要老伴以後也別再開車了。」

包著白色頭巾的清潔婦過來擦拭吉山滴在地上的斑斑血跡。

彎著腰手提水桶和拖把的圓臉清潔婦，轉身朝向自己剛才走來的走廊那一頭，大聲喊道：「我說加志啊，加志，這裡我一個人就夠啦，不用過來啦。」

坐在等候區的人聞聲全都抬起頭來。清潔婦哼著昔日的流行歌曲，開始擦拭地板。

「怎麼，鬧自殺啊？嗯，既然沒死就是自殺未遂囉，我說你呀，根本就不該做這種事情。人體的結構非常巧妙，包括手腕在內，目的都是爲了要保護我們的生命。要做必須手用力壓住牆壁，讓皮膚繃緊變薄，血管便會鼓脹浮起，然後再使勁劃下去。不過，如果不是鬧著玩而是眞的想死的話就要對著這裡，看好是這裡，耳朵下邊，使勁用剃刀劃下去。那可就眞的完蛋啦，立刻叫救護車送來我這裡也沒得救了。」

檢查過吉山的手腕之後醫生這麼說。吉山在診療室裡不住揉眼睛。我看應該是不想讓這位中年醫生知道他之前哭過吧。

頸部裹著繃帶的老人又跟清潔婦聊了起來。

「擦得掉嗎？」

「嗯？喔，趁還沒乾的時候處理，還滿容易擦掉的。」

「眞夠受的。」

「嗯？什麼？」

「喔，我是說清除血跡眞夠受的。」

三個坐輪椅的孩子在中庭院子裡傳接一顆黃色的球。三人的脖子都非常細。有一名護士在一旁幫忙撿球。仔細一看，其中一個孩子手腕之前的部分整個消失，護士輕輕把球抛起讓他用手臂打擊來參與遊戲。打出去的球總是飛向一旁，但孩子還是咧嘴笑著。

「欸，血這種東西可不好處理啊，看了嚇人。我沒有打過仗，沒見過什麼染血的東西，這實在是令人受不了啊。」

「我也沒打過仗呀。」

清潔婦在難以清除的殘餘部分撒了一些白色粉末。跪在地上用刷子來刷。

球滾進積水中，護士拾起用隨身攜帶的毛巾將球擦乾。沒有手掌的孩子似乎是等得不耐煩了，揮舞著短短的手臂不知嚷著什麼。

「聽說用鹽酸什麼的就能除掉喔。」

「鹽酸只能用來洗馬桶啦。要是用在這裡，地板就全毀了。」

遠處的樹晃動著。護士把球放在孩子面前。幾名挺著大肚子的孕婦從公車上魚貫而下，朝這邊走來。一個手捧花束的年輕男子跑上階梯。織毛衣的女人朝那邊瞥了一眼。清潔婦哼著之前那首歌，脖子無法扭動的老人將報紙舉高來看。

地上還殘留著吉山的血跡和白粉混合所產生的粉紅色泡沫。

「龍，眞對不起，我要存錢去印度，去碼頭當搬運工來存錢，我已經厭倦這些麻煩事了，我要去印度。」

從醫院回去的路上，吉山一個人不停說著。橡膠拖鞋和他的腳趾上都沾有血跡，還不時摸摸繃帶。儘管臉色蒼白，但他表示並不會痛。扔到白楊樹下的鳳梨還好端端在原處。傍晚已至，不見鳥的蹤影。

一雄不在屋裡，玲子說他後腳跟著就回去了。

「那傢伙竟然說應該佩服吉山的勇氣，腦袋壞啦，根本就搞不清楚狀況嘛。」

沖繩仔打了第三回海洛因之後躺在地上，惠的臉已經消腫了許多。吉山坐在電視機前。

「正在播梵谷的傳記電影哩，龍也來看吧。」

我拜託玲子泡咖啡，她沒搭腔。吉山跟惠說決定要去印度，惠只是「哦」了一聲而已。

「噯，剩下的放哪兒了？」玲子起身走過去，抓住叼著菸動也不動的沖繩仔的肩膀搖了搖，這麼問。「媽的，都沒啦，剛才是最後一些了，想打的話就自己去買吧。」沖繩仔說完，玲子狠狠朝他的腿踢了一腳。菸灰落到了沖繩仔赤裸的胸膛。沖繩仔微微笑了笑，還是一動也沒動。玲子拿起沖繩仔的針筒往陽台的水泥地一砸，碎了。

「喂，要給我掃乾淨啊。」我這麼說，但她充耳不聞，逕自嚼了五顆尼布洛吞下肚。沖繩仔笑個不停，身子也隨之不住抖動。

「嘿龍，吹個長笛來聽聽如何？」

沖繩仔看著我這麼問。電視裡寇克・道格拉斯飾演的梵谷，正哆哆嗦嗦要割去耳朵。

「吉山，你就是在模仿這個人嘛，你的一切都是在模仿別人。」惠說道。

「我沒那個心情吹長笛，沖繩仔。」

梵谷發出淒厲的叫聲，除了沖繩仔之外，眾人的目光都轉向電視。

吉山摸著染血的繃帶，不時找惠說話。肚子眞的不要緊嗎？我心裡也沒疙瘩了，至於去印度那件事，惠，妳可以先去新加坡，到時候我再去接妳，然後再一同去夏威夷，可是惠完全沒有回答。

沖繩仔的胸膛緩緩起伏著。

「玲子我要賣身去買海洛因啦，傑克遜跟我提過。龍，帶我去傑克遜的大屋吧。傑克遜說隨時都可以去找他，這個沖繩仔不可靠，帶我去找傑克遜吧。」

玲子突然放聲大叫。沖繩仔扭著身子繼續笑。

「笑什麼笑，什麼癮君子不癮君子的，根本就是叫花子吧，渾身髒兮兮的，我才不要跟個叫花子混在一起咧。我也不要再吸你那軟趴趴的臭老二了，陽痿！我要把店賣了，龍。我要搬來這裡，然後買車，還要買海洛因，然後去當傑克遜的女人。去找三郎也行。

「我要買一輛露營車，買一輛可以住在上面的那種巴士，每天搞派對。嘿，龍，去找一輛那樣的車吧。

「沖繩仔，你八成不知道黑人那話兒有多長吧。打了海洛因之後更長唷，可以插到最裡面唷，哼，你那個算什麼東西啊，臭要飯的，知道你自己有多臭嗎？」

沖繩仔坐起身來點了根菸。眼神渙散，有氣無力地把煙呼出來。

「玲子，妳還是回沖繩去吧。我跟妳一起回去，這樣比較好。妳就繼續學美容，老媽那兒由我負責去講，妳不能繼續在這種地方待下去了。」

「開什麼玩笑啊，沖繩仔，你還是乖乖躺著吧，下回藥癮犯了再哭著求我，也甭想我會借錢給你，我看該回去的人是你吧。是你自己想回去吧？不過就算你想回去，我也不會出旅費的啦。到了沒有海洛因痛苦不堪的時候，你還會哭著來求我的，你會求我：『拜託拜託借我一點錢，就算一千也好』，不過我一毛錢也不會再給你啦。你自己才應該回沖繩去啦。」

沖繩仔又躺了下去，喃喃說道：「隨妳的便。」接著又對我說：「龍，吹個長笛來聽聽嘛。」

「我不是說過沒那個心情吹了嗎？」

吉山一言不發看著電視。惠似乎還有些疼，又嗑了尼布洛。電視裡傳出槍響，梵谷自殺，吉山喃喃說道：「啊啊完了。」

一隻蛾停在柱子上。

起初以爲是塊污漬，定睛細看，只見牠挪動了一下位置。灰色的翅膀上長有稀疏的絨毛。

眾人散去之後，感覺屋子裡比平常更暗了。並不是光線減弱，而是好像我離光源遠去。

地上散落著亂七八糟的東西。有糾結成一團的頭髮，一定是茂子的頭髮。有莉莉買來的蛋糕的包裝紙、麵包屑，紅色、黑色或透明的指甲、花瓣、用過的衛生紙、女內褲、吉山的血跡、襪子、折斷的菸、玻璃杯、鋁箔紙片，還有美乃滋的瓶子。

唱片封套、膠卷、星形糖果盒、針筒的盒子，以及一本書，書是一雄忘了帶走的馬拉美（Stéphane Mallarmé）的詩集。我用詩集的背面將黑白條紋的蛾肚子壓爛。除了鼓脹的腹部響起液體擠壓出來的聲音之外，蛾還發出了另一種微小的聲音。

「龍，你累了哦，眼神怪怪的，是不是早點回去睡覺比較好？」

殺死蛾後，我莫名地感到飢餓，在冰箱裡找到吃剩的冰冷烤雞拿來啃。這烤雞已經全然腐壞，刺激著舌頭的酸味逐漸在腦袋裡擴散開來。當我試圖用手指挖出塞在喉嚨裡的黏滑肉塊時，全身突然感到一陣寒意。彷彿遭到毆打一般的強烈寒意。不論如何摩挲，脖子後面的雞皮疙瘩都一直無法消除，漱了幾次口，嘴裡仍殘留著酸味，牙齦黏黏滑滑的。塞在牙縫裡的雞皮一直令我舌頭發麻。吐出來的雞肉帶著唾液，爛糊糊地漂在洗碗槽裡。原來是排水孔被馬鈴薯丁堵住，洗碗槽裡積滿了髒水，油花在水面打轉。我捏出黏糊糊都可以拉出絲的馬鈴薯之後，水位終於開始緩緩降低，雞肉屑轉著圈子被吸入排水孔中。

「是不是早點回去睡覺比較好？那幫怪傢伙都走了吧？」

莉莉正在整理床鋪。透過半透明的晨褸，可以看到她渾圓的臀部。左手的戒指不時反射天花板的紅燈。各個切割面閃爍著同樣大小的亮光。

較大的烤雞肉塊堵住排水孔，水無法順利排乾。緊貼著四個小孔，發出啾啾的聲音。儘管已經被我嚼碎沾滿唾液，那黏糊糊的肉塊上仍然可以清楚看到雞的毛孔，而且還留有幾根像是塑膠製成的毛。我的手上沾了難聞的油味，怎麼也洗不掉。於是我從廚房走回客廳，去拿放在電視上的香菸，走著走著一股難以言喻的不安將我包圍。感覺就好像被一個有皮膚病的老太婆緊緊抱住一樣。

「那幫怪傢伙都走了吧？龍，我幫你泡個咖啡好了。」

莉莉經常誇讚不已，由芬蘭的囚犯所製作的白色圓桌，反射著燈光。桌面帶有隱約可以辨識出來的綠色。那是種一旦注意到那顏色，色相就會在眼中逐漸增強的獨特綠色，若是細看，在太陽西下的海面上晃動的橘紅色旁邊，也可以見到這種綠色。

「喝個咖啡吧？再加點白蘭地，你得好好睡一覺才行。那天回來之後我的身體也一直不太舒服，都沒去店裡。車也沒送修，擦撞得相當嚴重喔，衝撞的部分雖然沒有凹陷，可是現在烤漆很貴，實在傷腦筋哪。不過我還想再嘗試一次，龍。」

莉莉說著從沙發上站起來。那聲音聽起來模模糊糊，感覺就如同在老電影裡面看過的那樣，莉莉身在遠處，用一個長筒將聲音送過來。面前的莉莉，則是一具只有嘴巴在動著的精巧人偶，正播放著許久以前錄製好的錄音帶，有這樣的感覺。

之前我在自己屋裡所感覺到的，籠罩全身的寒意，怎麼也無法去除。即便翻出毛衣來穿，即便關上陽台的門拉起窗簾，也只是令我出汗，寒意始終揮之不去。

門窗緊閉的屋裡，風聲變小了，聽起來就只像是耳鳴而已。無法看到外面，一種遭到禁閉的感覺油然而生。

奇怪的是，儘管我並未將外面的景色放在心上，卻彷彿一直在看著一樣，有個醉漢穿越馬路，一個紅髮少女跑過去，疾駛而過的汽車裡扔出的空罐、漆黑的高大白楊樹、夜裡醫院的影子，以及天上的星星，都鮮活地浮現在我的眼前。同時也產生一種與外界隔絕的自己遭到遺棄的感覺。屋裡瀰漫著與平日不同的氣體，令我覺得呼吸困難。香菸的煙向上飄去，不知從何處傳來一股奶油燒焦的味道。

找尋著這股味道是從哪裡冒出來時，我踩到了死蛾，體液和鱗粉弄髒了我的腳趾。外面傳來狗吠聲，我打開收音機，范・莫里森（Van Morrison）正唱著〈多明諾〉（Domino）。

打開電視，出現一個暴怒的光頭男人的特寫，「那不是廢話嘛！」他破口大罵，我一關掉電視，畫面像是被吸收掉了一般暗下來，螢幕上映出我變形的臉。黑暗螢幕上嘴巴不住動著的我，正自言自語說著什麼。

「龍，我在一本小說裡發現有個男的跟你好像，真的好像。」

莉莉坐在廚房的椅子上，等球型玻璃壺裡的水燒開。揮手趕走身旁飛繞的小蟲。我來到莉莉之前躺著的沙發深深坐下，不住舔著嘴唇。

「噯，我說的那個男人，在拉斯維加斯開應召站，旗下有好幾個妓女，專門爲有錢人辦派對供應小姐，這不是跟你一樣嗎？而且也很年輕，我覺得應該跟你差不多，你十九歲對吧？」

玻璃壺的表面變得白茫茫，開始冒出熱氣。酒精燈搖晃的火焰映照在窗戶上。莉莉投射在牆壁上的巨大影子活動著。天花板的電燈泡所形成、小而濃的影子，與酒精燈所形成、巨大而淡的影子，兩者相互重疊的部分，簡直就如同生物一般，以複雜的方式活動著。有如分裂時的變形蟲。

「龍，有沒有在聽啊？」

哦，我回答。只覺得自己的聲音在乾熱的舌頭上停下，變成了別人的聲音再脫口而出。這種不是自己的聲音的感覺令我不安，害怕開口說話。莉莉拿著一頂有羽毛裝飾的帽子，不時拉開晨褸搔搔胸部，繼續說著。

「那個男人哪，連自己高中死黨的馬子也都推下海去賣了。」

最後一個離開的是沖繩仔，穿著發臭的工作服，也沒說再見就關門走人了。

「那個男人也是個妓女的私生子喲，不過他的生父可是某個小國的皇太子，是微服前去拉斯維加斯尋歡的皇太子留下的私生子。」

莉莉究竟在說什麼啊。

視野不太正常。映入眼簾的東西全都帶有一種奇妙的朦朧。莉莉身旁流理台上的一個牛奶瓶，表面似乎發起疹子，密密麻麻越來越多。弓著背的莉莉也長出那種疹子。那發疹彷彿是將皮膚削去之後再生出來的，而不是僅僅附著在表面。

我憶起一位因肝病去世的朋友。那傢伙經常這麼說。啊啊，我總覺得自己其實隨時都在痛，不痛的時候只是因爲忘記了，而且這並不是因爲我肚子裡長了腫瘤的緣故，而是任何人都隨時會疼痛。所以刺痛一出現，我就莫名地感到安心，會覺得恢復成原來的自己，雖然痛苦，可是卻令我安心。畢竟我打從出生就一直會肚子痛啊。

「那個男人去了沙漠唷，在黎明時分，飛車前往內華達的沙漠唷。」

玻璃壺裡的水冒泡沸騰，莉莉用匙子從褐色的罐子裡舀了黑色的粉末加進去。連我這裡都可以聞到香味。在傑克遜和露蒂安娜騎在我身上的時候，我眞的覺得自己是一個黃色的玩偶。那個時候，我是如何變成一個玩偶的呢？

如今，紅色頭髮披在背上扭著腰的莉莉，看起來正像一個玩偶。一個老舊、散發著霉味的玩偶；一個一拉繩子就會重複相同對白的玩偶；一個打開胸部的蓋子安裝幾顆銀色的電池，講話的時候眼睛會發亮的玩偶。乾燥的紅頭髮是一根根植入的；只要往嘴裡灌牛奶，下腹的小孔就會流出黏黏的液體；即便摔到地上，只要內藏的錄音機沒有壞，就會持續說話的，這樣的一具玩偶。龍，早安，我是莉莉唷，龍，你好嗎？我是莉莉唷，早安，龍，你好嗎？我是莉莉唷，早安。

「那個男人哪，到內華達沙漠去看氫彈基地唷。好像樓房一樣有一整排的氫彈，在那黎明時分的基地裡唷。」

那時候在我的屋裡，揮之不去的寒意越來越嚴重。加穿衣服，鑽進毯子裡，喝威士忌，打開門又關上，打算睡覺。喝了濃咖啡，做體操，抽了好幾根菸。讀了讀書，將燈全部關掉然後又打開。睜眼一直看著天花板上的污漬，或閉上眼睛數數。回憶以前看過的電影情節，回想鬱卒仔的缺牙、傑克遜的陽具、沖繩仔的眼睛、茂子的屁股、露蒂安娜的短陰毛。

緊閉的陽台門外，幾個醉漢一路大聲唱著老歌走過去。在我聽來，那就像是拖著腳鐐的囚犯的合唱，或是身受重傷無法作戰的日本兵，在跳海之前合唱的軍歌。面向漆黑的大海，臉上纏滿了繃帶，骨瘦如柴傷痕累累，傷處流膿生蛆，面朝東方行禮的眼睛黯淡無光，聽起來就像是這些日本兵所唱的，悲傷的歌曲。

耳朵聽著這歌，眼睛望著映在電視螢幕上變形而模糊的自己，一種陷入深沉的夢境，無論我如何掙扎也無法浮起來的感覺油然而生。映在電視裡的我，與在我眼底唱歌的日本兵重疊。組成重疊影像的黑點，這些由於密度變化而使得影像浮現出來的黑點，簡直就像是在桃樹上蠕動、密密麻麻數不清的毛蟲，在我的腦袋裡亂烘烘到處爬。這些邊緣呈鋸齒狀的黑點發出沙沙的聲響，逐漸形成了帶有無形的不安的形狀，我發現自己意然渾身起滿雞皮疙瘩。映在黑暗螢幕上的渾濁眼睛，彷彿熔化了一般變形潰散，我不禁對著那個自己喃喃問道：你到底是什麼人？

你到底在懼怕什麼呢？——我這麼說。

「那些是飛彈，是洲際彈道飛彈，一排一排的哨，就在廣闊不毛的內華達沙漠裡。人類看起來簡直就跟隻蟲子一樣的沙漠哨。那裡有飛彈，好像大樓一樣的飛彈。」

球型玻璃壺中，黑色的液體沸騰、躍動著。莉莉打死了一隻飛蟲。將打扁在手掌心的死蟲揭下，扔進菸灰缸。菸灰缸裡升起一縷紫色的煙。與黑色液體冒出的熱氣混在一起，向上飄去。莉莉用纖細的手指捏著香菸，拿起蓋子熄了酒精燈。牆上巨大的影子一瞬間放大到整個房間而後萎縮。就如同飄浮的氣球碰到針頭一樣，影子消失了。被天花板的燈泡所形成的濃密小影子吸收掉了。

「那個男人哪，站在沙丘上對著飛彈吶喊，在經歷過許多事情之後，他越來越感到茫然，對於過去的所作所爲，對於現在的自己，對於未來該如何是好，都感到茫然，沒有人可以傾訴，他已經厭倦，覺得非常孤獨。於是他的內心對著飛彈吶喊，快爆炸吧！快給我爆炸吧！」

我發現黑色液體的表面也開始冒出疹子。我上小學的時候，祖母罹患癌症住院。

祖母對醫生開立的止痛藥物過敏，全身長滿濕疹，甚至連臉都變形了。祖母曾經邊抓撓濕疹，邊對前去探病的我說，小龍啊，奶奶已經不行了，奶奶身上長出了那邊世界的東西，已經不行了。那跟濕疹一模一樣的東西，正漂浮在黑色液體的表面。在莉莉催促下，我喝了。當溫熱的液體流進喉嚨時，我覺得一直揮之不去的寒氣與隨著外物進入的那些疹子在我的體內混合了。

「嘿，是不是覺得跟你很像？我是這麼覺得啦，讀了前面就覺得跟你很像喲。」

莉莉坐在沙發上說著。莉莉的腳劃出奇妙的弧線，被吸進了紅色的拖鞋裡。有一回在公園裡嗑ＬＳＤ的時候，我也曾經有過與這回類似的感覺。在伸向夜空的林木間可以看到外國的城鎮，而我在那裡走著。那個虛幻城鎮的路上不見行人，家家戶戶門窗緊閉，我一個人走著。來到郊外之後遇到一個瘦削的男人攔住我，說不可以再往前走了。不聽勸阻繼續前行的我，身體開始發冷，並且覺得自己是個死人。變成死人的我開始朝臉色蒼白坐在長椅上望著映在夜幕上的幻象的我走去。彷彿想要與眞實的我握手一般不斷接近。當時我非常害怕，轉身向後逃。可是變成死人的我緊追不捨，最後終於抓到我，潛入我的體內控制住我。現在的感覺簡直就和當時一模一樣。覺得腦袋好像開了個洞，意識和記憶逐漸外洩，取而代之的是不斷有像是腐壞烤雞的寒氣以及疹子不斷塞進來。可是那個時候，我渾身發抖緊抓著潮濕的長椅，這麼告訴自己。

仔細看清楚吧，世界不是還在我的腳下嗎？這個地面上有我、有樹、有草，還有把砂糖搬回窩裡的螞蟻、有追球的小女孩，以及奔跑的小狗。

這個地面，行經無數的房屋、山岳、河流，以及大海，可以通往任何一個角落。而我正處於其上。

可怕的世界仍然被我踩在腳下啊。

「看了那小說，龍，我就想到你的事情。也會想，不知道你接下來有什麼打算，那個男人的情況我不清楚，因爲書還沒看完。」

小時候跑步跌倒擦傷，我最喜歡大人幫我在那火辣刺痛的傷處塗抹一種味道非常強烈而且刺激的藥。破皮滲血的傷口上，總會沾有土、泥、草的汁液，或是壓扁的小蟲，我喜歡塗抹那種藥之後所產生的泡泡和刺痛。遊戲結束，邊看著西沉的太陽，邊皺著眉呼呼朝著傷處吹氣，就會產生一種像是傍晚灰暗的景色與自己相互撫慰的安心感。這和靠海洛因及黏液與女人融合的感受完全相反，疼痛令我覺得自己在環境中變得顯眼，令我覺得自己散發出光芒。我覺得這散發出光芒的自己能夠與西下的美麗紅橙色光輝結爲密友。

那個時候，在我的屋裡憶起這件事的我，不斷設法解決難耐的寒氣，甚至撿起掉落地毯上的死蛾撕下翅膀放入口中。蛾的體表僵硬，腹部流出的綠色體液已略微凝結。金色的鱗粉沿著指紋閃閃發光，眼睛是一顆黑色的小球，與身體分離時還拉出一道絲。撕下的蛾翅一放上舌頭，稀疏的絨毛刺到我的牙齦。

「咖啡好喝嗎？怎麼不說話呀？龍，龍，你怎麼啦？在想什麼？」

莉莉的身體看起來好像是由金屬打造而成。搞不好只要將那層白色外皮剝除，就會露出閃閃發亮的合金。

哦，啊，好喝，莉莉，很好喝啊，我這麼回答。左手突然抽筋。我深深吸了口氣。牆上貼了一張女孩子的海報。上面的女孩子在空地跳繩，腳被玻璃割破了。一股怪味飄過來。手中裝有溫熱黑色液體的杯子掉落地上。

幹什麼啊，龍，你到底怎麼了？

莉莉拿了塊白布走過來。白色咖啡杯落地摔碎，地毯將冒著熱氣的液體吸收進去。濺到腳趾縫的液體溫度漸漸降低而且發黏。

怎麼啦？你在發抖嗎？到底怎麼了，你倒是說話呀。我觸到了莉莉的身體。粗糙、僵硬，好像放太久的麵包。莉莉把手放在我的膝上。先去洗洗腳吧，還有熱水，快去洗吧。莉莉的表情是扭曲的。莉莉彎下身子撿拾咖啡杯碎片，捏著擱在一本封面上有個微笑洋妞的雜誌上。有些碎片上還積有液體，被倒進了菸灰缸裡。燃著的香菸嗞的一聲熄滅了。莉莉發覺我仍然站著不動。搽了乳霜發亮的額頭。我早就覺得你不太對勁了，到底是幹了什麼呀？快點去洗腳啊，弄髒了地毯我可吃不消。我抓著沙發，踏出腳步。只覺得太陽穴發熱，一陣暈眩，彷彿屋子在旋轉就要傾倒。快去洗呀，還在看什麼？你快去洗嘛。

淋浴間的瓷磚冰涼，扔在地上的橡皮水管令我聯想到曾經在照片上看過的，設有電椅的死刑室。洗衣機上放著染紅了的髒內褲。黃色瓷磚的牆壁上，有隻蜘蛛拖著絲到處爬，我靜靜讓水流過腳背。落水頭上的孔洞被紙屑堵住了。我離開住處前來這裡的路上，行經已經熄燈的醫院中庭。那時我將捏在手裡的死蛾屍骸朝灌木叢中扔去。那綠色的體液應該會被早上的太陽曬乾，然後成爲飢餓昆蟲的食物吧，我心裡想。

在幹嘛啊？龍，你該回去了，我今天沒辦法陪你，莉莉看著我說。她倚在柱子上，把手裡的白布扔進淋浴間裡。白布吸了少許黑色液體弄髒了。我像是出生之後首度睜開眼睛的小嬰兒一樣，看著莉莉和她身上那件泛著白光的晨褸。那黑叢叢的東西是什麼呢？那下面滴溜溜轉著的光球是什麼呢？那下面有兩個孔穴的墳起之處是什麼呢？由兩片看似柔軟的肉瓣鑲邊的暗穴是什麼呢？其中那白色的小骨是什麼呢？黏滑的紅色薄肉又是什麼呢？

紅花圖案的沙發，灰色的牆壁，有紅色頭髮糾結其上的梳子，粉紅色的地毯，吊著乾燥花、處處污跡的奶油色天花板，裹著絕緣布的軟線纏繞著筆直垂下的電線，在扭曲的軟線下有顆搖晃的閃亮光球，球中有座水晶般的塔。塔以飛快的速度運動著，眼珠灼痛，一閉上眼睛就看到好幾十個人正在笑著的臉，令我呼吸困難。我問你到底是怎麼了呀？一副心神不定的模樣，是不是精神錯亂啦？紅色燈泡的殘像與莉莉的臉重疊在一起。殘像彷彿玻璃熔化一般逐漸擴散、扭曲、破裂，化爲斑點從視野的一端散佈到另一端。莉莉那帶著紅色斑點的臉靠近我，撫摸我的臉頰。

噯，怎麼在發抖啊？你說話呀。

我憶起一個男人的臉，那個男人的臉上也有斑點。那是一個過去在鄉下嬸嬸家租屋的一個美國軍醫的臉。龍，你身上都是雞皮疙瘩，到底是怎麼啦？說話呀，別嚇我了。

我幫婿婿跑腿去向軍醫收房租的時候，他總是會讓我看一個瘦得像隻猴子、毛髮濃密的日本女人的下體。別擔心，莉莉，我不要緊，沒什麼事，只是有點煩躁而已，每次派對結束之後都會這樣。

在軍醫的房間，掛著尖端塗有毒藥的新幾內亞長矛的房間裡，濃妝豔抹的日本女人被抓著，雙腿不住掙扎，下體暴露在我眼前。

嗑藥了是嗎？我說得沒錯吧？

我覺得自己彷彿就要被吸入莉莉的眼底，被莉莉所吞噬。軍醫打開女人的嘴給我看，「我把她的牙齒都給溶掉啦。」他用日語笑著這麼說。你這個樣子不太正常，要不要我帶你去醫院？莉莉拿出了白蘭地之後這麼問我。那女人張大了嘴，好像洞穴一樣的嘴裡叫嚷著什麼。莉莉，我也搞不太清楚怎麼會這樣，有安公子的話就給我打一針，我想讓自己平靜下來。

莉莉硬要給我灌白蘭地。我用力咬住杯緣，隔著濡濕的玻璃杯可以看到天花板上的燈光，斑點的上面又疊上了一層斑點，令我更加暈眩、想吐。現在手頭什麼都沒啦，後來那些麥斯卡林用完之後我全打了，因為我的情緒也非常不穩，所以全打掉了。

軍醫拿各種東西塞進那瘦女人的股間給我看。女人呻吟著，口紅印到了床單上，瞪了我一眼之後轉向一手拿著威士忌樂不可支的軍醫大喊，Give me Cigar。莉莉扶我坐到沙發上。莉莉，我眞的啥也沒嗑啊，和那個時候不一樣，和噴射機的那時候完全不一樣啊。

那一次呀，我的身體裡好像灌滿了重油，當時雖然也感到恐懼，可是現在卻不太一樣，身體裡空空的，什麼也沒有。腦袋熱得受不了，身子卻畏寒，那寒氣怎麼也沒辦法消除呀。身體無法隨心所欲活動，像我現在雖然在說話，感覺卻很奇怪，就好像是在夢裡說話一樣。

就好像是在令人束手無策的惡夢中說話一樣，很可怕喔。雖然我現在這樣講著話，腦袋裡想的卻是毫不相干的另一件事，一個傻乎乎的日本女人，莉莉我說的是另外一個女人不是說妳喲。一直想著那個女人和一個美國軍醫的事情。可是我很清楚這並不是在做夢。我知道自己醒著，人在這裡，所以才會覺得害怕啊。怕到想死，莉莉，想要讓妳殺了我，真的想讓妳殺了我，光是站在這裡我都覺得害怕。

莉莉又把白蘭地酒杯塞進我的嘴。熱辣的液體令我的舌頭顫抖流入喉嚨。耳鳴堵在腦袋裡揮之不去。手背上浮現出靜脈，顏色是灰色的，那灰色跳動著。汗水順著脖子流下。莉莉爲我拭去冷汗。你只是太累了而已，好好休息一晚上就沒事啦。

莉莉，我還是走好了，我想離開。雖然不知道該去哪裡，可是我該走了，八成會中途迷路吧。我想去找個比較涼快的地方，我以前曾在那裡待過，想回去那裡。莉莉妳應該也知道吧？就是那棵會發散出香味的大樹下，像那樣的地方，這裡究竟是什麼地方？這裡是什麼地方啊？

喉嚨深處乾得好像快要冒火。莉莉搖搖頭，拿起剩下的白蘭地自己喝了，喃喃說道，龍，我拿你沒轍了。我憶起綠眼睛的事情。你見過黑鳥了嗎？你會看見黑鳥的，綠眼睛曾這麼對我說。這屋子的外面，那扇窗子的另一頭，搞不好就有巨大的黑鳥正在飛。如同黑夜本身一樣大的黑鳥，與平日啄食麵包屑的鳥一樣在空中飛舞的黑鳥，只因爲實在過於巨大，所以透過窗戶就只能看到嘴巴上如洞窟般的鼻孔而已，無法窺見全貌吧。就好像被我殺死的蛾，並不知道我的全貌就一命嗚呼，一定是這樣。

在不知道壓破那內含綠色體液的腹部的巨物，只不過是我的一部分的情況下，蛾就死了。現在我的處境和那隻蛾完全相同，即將爲黑鳥壓扁。綠眼睛之所以會出現，大概就是爲了告訴我這件事吧，爲了要讓我明白這件事。

莉莉，妳看見鳥了嗎？現在外面有鳥在飛吧？莉莉，妳發現了嗎？我已經明白了，蛾並沒有發現我，可是我發現了。有鳥喔，非常大的黑鳥，莉莉，妳也明白了吧？

龍，你已經瘋了，快清醒過來啊。聽不懂嗎？你眞的瘋了。

莉莉，別唬我，我已經發現了。我不會再被騙了，我知道了，知道這裡是什麼地方了。這裡是距離鳥最近的地方，從這裡一定能看得到鳥喲。

我知道，其實我老早以前就已經知道，現在我終於明白，就是鳥。我一直活到現在，就是爲了要發現這件事啊。

鳥喲，莉莉，妳看見了嗎？

不要再鬧了！別鬧了，龍，你不要再說了！

莉莉，妳知道這裡是什麼地方嗎？我怎麼會到這裡來呢？鳥正在外面飛著呢，妳看，就在那扇窗的外面飛著呢，就是那破壞我的都市的鳥啊。

莉莉哭著打我耳光。

龍，你還不明白嗎？你已經瘋了。

莫非莉莉看不見鳥啊？莉莉打開了窗戶。哭著用力把窗戶完全打開，外面是夜裡的城市。

你說有鳥在飛，看仔細啊，根本就沒有鳥啊。

我把白蘭地酒杯扔到地上摔碎了。莉莉驚聲尖叫，碎玻璃散落一地，閃閃發光。

莉莉，那就是鳥啊，妳仔細看，那城市就是鳥，那並不是城市唷，那裡並沒有人居住，那是鳥呀，妳不知道嗎？妳眞的不知道嗎？那個在沙漠裡吶喊，要飛彈爆炸的男人，就是想要殺死鳥啊。鳥非殺不可，如果不把鳥殺掉，我就會越來越迷失。那隻鳥一直在干擾，把我想看的東西都藏了起來。我要去殺了鳥，莉莉，不把鳥殺死，我就會被殺呀。莉莉，妳在哪兒？陪我一起去殺鳥，莉莉，我什麼也看不見了，莉莉，什麼也看不見了。

我躺在地上打滾。莉莉衝出屋外，傳來汽車引擎聲。

電燈泡不停地旋轉。鳥在飛，正在窗外飛著。莉莉消失了，巨大的黑鳥朝我飛來。我撿起地毯上的玻璃杯碎片，緊緊握著，刺向自己顫抖的手臂。

天空多雲，像一塊柔軟的白布罩住我和夜裡的醫院。風冷卻了我發熱的臉頰，也吹動樹葉沙沙作響。風帶著濕氣，將夜裡植物的氣味，在夜裡悄悄呼吸的植物氣味吹送過來。

爲了已經入睡的住院病患，醫院所有的燈都熄了，只有玄關和大廳亮著指示緊急疏散方向的紅燈。被細鋁框切割成無數小塊的玻璃窗，映著等待黎明降臨的天空。

一道紫色的線曲折延伸，那應該是雲層的裂隙吧，我心裡想。

偶爾駛過的汽車，大燈照亮了有如童帽的灌木叢。我之前扔的死蛾並沒有掉進那裡，只是落在地上跟小石子和雜草混在一起。撿起來一看，全身的絨毛沾滿了朝露。簡直就像是這隻死掉的昆蟲在冒冷汗一樣。

離開莉莉家的時候，我覺得好像只有淌血的左手臂還活著。我把沾滿血的玻璃杯薄碎片放進口袋，在霧氣迷濛的馬路上跑了起來。家家戶戶門窗緊閉，不見任何活動的物體，我覺得自己彷彿成了童話中的主角，被巨大生物所吞噬，正在牠的腸子裡面繞來繞去。

途中我多次跌倒，每次都使得口袋裡的玻璃變得更碎。

穿過空地的時候，我跌倒在草叢裡。那個時候，我啃到了濕濕的草。草的苦澀味道刺激著舌頭，原本棲息在上面的小蟲子也隨之進入我的嘴裡。

小蟲長了刺的細腿掙扎著。

用手指往嘴裡一掏，背上有花紋的圓形小蟲沾著我的唾液爬出來。快速運動濕了的腳回到草上。我用舌頭舔著被小蟲抓撓過的牙齦時，草上的露水令我的身體逐漸冷卻。青草的味道將我全身包圍，只覺得之前在體內肆虐的熱緩緩逃向了地面。

原來我一直都在接觸自己不明瞭的事物，我躺在草地這麼想。即便是現在，身處這靜謐夜裡的醫院中庭的現在，情況也依然沒變吧。現在，巨大的黑鳥仍然在飛，我和苦澀的青草、圓形小蟲一起被囚禁在胎內。除非我的身體脫水硬化，就如同這隻變得像是小石子的蛾一樣，才有可能擺脫黑鳥。

從口袋裡掏出一塊碎成拇指指甲大小的玻璃，擦掉上面的血跡。帶有些微弧度的小碎片映著開始亮起來的天空。天空下面是橫向延伸的醫院，遠處是林蔭道和街區。

如影子般映在玻璃上的街景形成了一道微妙起伏的稜線。那起伏就如同在雨中的飛機場，我想要下手殺莉莉時，伴隨雷聲出現，剎那間灼燒我的眼睛的那道白色起伏一樣。就如同波濤起伏的朦朧水平線，如同女人白皙臂膀的優美起伏。

長久以來，無論何時，我一直被這白色的起伏包圍著。

邊緣仍留有血跡的玻璃杯碎片沾染了黎明的空氣變得近乎透明。

這是一種接近無限透明的藍色。我站起來，朝自己的公寓走去，一路上想著，眞希望能夠變得像這片玻璃一樣。希望自己身上也能夠映出這和緩的白色起伏。我希望也能夠讓別人看到映在我身上的優美起伏。

天際變得明亮而混沌，玻璃碎片隨即變得模糊。當鳥鳴聲響起時，玻璃上已經什麼影像都沒有了。

昨天扔的鳳梨，仍在公寓前的白楊樹下。潮濕的切口依然散發出那股味道。

我蹲在地上，等待鳥飛來。

鳥飛來落下，如果暖和的陽光能照射到這裡的話，我拉長的影子應該會完全蓋住灰色的鳥和鳳梨吧。

給莉莉的一封信——後記

在討論將這篇小說出版成書的相關事宜之際，我提出了自己負責裝幀設計的要求。因爲我在寫作的時候一直有個想法，若是這作品日後得以付梓，希望能夠以莉莉的臉像來設計封面。

還記得這張照片嗎？是我們在「尼加拉瓜」初邂逅時所拍的唷。那時我們好像在比賽，看能喝幾杯艾碧斯（Absinthe）是吧？喝到第三杯的時候，我跟店裡一個荷蘭嬉皮借了萊卡相機所拍的。拍了照之後，喝到第九杯，莉莉妳醉倒了，所以有可能已經記不得了。

莉莉，妳現在在哪裡？大概是四年前吧，我曾經回大屋找過一次，可是妳不住在那裡了。若是妳買了這本書的話，請跟我聯絡。

回路易斯安那去的奧古斯塔曾寫了封信給我，說他在開計程車，還要我代爲向妳問好。說不定妳已經和那個混血兒畫家結婚了吧。即使結婚了也沒關係，可以的話，我很想再見妳一面。想要再和妳一起唱一次那首 Que Sera

Sera（譯注：電影《擒兇記》的主題曲）。

千萬不要認爲寫了這種小說，我就跟以前不一樣了。那時候的我至今依然沒有改變。

龍

《希望之國》

村上龍花了整整三年的時間，收集詳盡的新聞資料：
日本中學生暴力棄學的病態現狀、東亞虛弱的經濟體質等，
一一出現在小說裡，
真實駭人的程度讓讀者無法找出虛構小說的縫隙，
環環相扣的情節震撼人心。
面對惡劣的環境、無望的未來，我們的希望出口在何處？

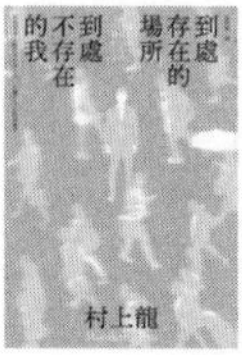

《到處存在的場所　到處不存在的我》

到處存在的場所，成了凝縮時間的舞台，
每一個主角像是你，也像是我。
日復一日的生活，不斷複製下去，
人就會變得越來越平凡，無感，冷漠，
最後剩下疲憊……
面對死氣沉沉的零度生命，我們究竟有無抵抗能力，
改變困在場所的自己？

《55歲開始的Hello Life》（東京晴空版）

獻給現在及未來55歲的你，這是寫給你們的打氣希望書。
人生中最可怕的是，抱著後悔而活，並非孤獨。
我們一旦展開另一種人生，就會變成另一個人，
那麼你有沒有勇氣變成另一個人？

《老人恐怖分子》

對於現實世界的威脅，究竟誰才是真正的強者？
我們所輕蔑與忽視的究竟是什麼……
失去妻、失去工作、失去能夠存活的社會條件……
但日子應該還是有亮光，有期待。

《寂寞國殺人》

一九九七年村上龍從震驚日本社會的「神戶少年殺人事件」思考，
面對現代化的變化所產生的不適應畸形裂縫。
他看到整個日本的進化，成了一個龐大的寂寞國體，
在這個充滿寂寞因子的民族裡，持續富裕，持續進步，持續禮貌待人，
卻渾然不知自我的持續寂寞……

村上龍　全作品

《最後家族》（繭居共鳴版）

村上龍寫「家」、寫「繭居」的淚崩之作
在拯救與被拯救之間，在自立與依賴之間，
唯有放掉家人彼此的羈絆，才可以找到自己的生存之道。
村上龍第一本讓人落淚的小說《最後家族》，殘酷而幸福！

《寄物櫃的嬰孩》

在黑暗的寄物櫃中，我呈現假死狀態……
那是從母親子宮出世的76小時之後。
在這悶熱的小箱裡，我全身冒汗，
極其難受，張開嘴巴，爆哭出聲……

《所有男人都是消耗品》

無論在哪一種社會，女人都被細心呵護，
如果有一天，拜高科技進步之賜，完成了人工子宮，
人類大概會有所改變吧？說不定人類將不再是人類。
到時候，身為消耗品的男人該如何是好呢？

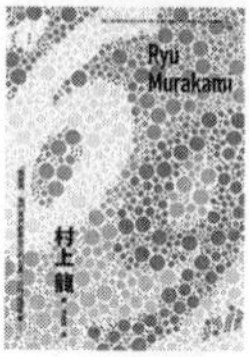

《69》

一個名叫矢崎劍介的高中生，沉溺於當時東漸的西方文化中，
接觸搖滾樂、前衛電影、反戰思潮、嬉皮文化，
為了心儀的女孩，決定和阿達馬一起搞校園封鎖、搞嘉年華，
動機單純，結果卻是驚人……，
在1969年的春天，十七歲的人生像過慶典一般的延伸開來。

《五分後的世界》

軍事、爭戰、毒品以及孤獨、寒冷、焦慮與淚水所構成的三次元空間，
一場魔幻樂音不可思議帶來人性的暴動，
一次錯綜複雜的行走闖入五分後的世界，
長期以來被視為小說創作的掌舵者，
再次質問現實世界與人我關係的豐富傑作！

《共生虫》

這本描繪黑暗自閉的生命世界，
緊扣疏離的人們暗藏在意識底層的病態心理，
村上龍上個世紀末的小說作品，
放入現世似乎再一次精準掌握崩壞的社會核心。

日文系 060

接近無限透明的藍（經典墜入版）

作者｜村上龍
譯者｜張致斌
出版者｜大田出版有限公司
台北市一〇四四五中山北路二段二十六巷二號二樓
E-mail｜titan@morningstar.com.tw http://www.titan3.com.tw
編輯部專線｜（02）2562-1383 傳真：（02）2581-8761
總編輯｜莊培園
副總編輯｜蔡鳳儀
行政編輯｜鄭鈺澐
校對｜謝惠鈴／陳佩伶／張致斌
初版｜二〇〇八年三月三十日
二版｜二〇一四年十二月六日
經典墜入版 初刷｜二〇二二年七月十二日 定價：二八〇元
網路書店｜http://www.morningstar.com.tw（晨星網路書店）
TEL：（04）-23595819 FAX：（04）-23595493
購書Email｜service@morningstar.com.tw
郵政劃撥｜15060393（知己圖書股份有限公司）
印刷｜上好印刷股份有限公司
國際書碼｜978-986-179-739-7 CIP：861.57/111005862

國家圖書館出版品預行編目資料

接近無限透明的藍（經典墜入版）／村上龍著；張致斌譯．——初版——台北市：大田，2022.07
面；公分．——（日文系；060）
ISBN 978-986-179-739-7（平裝）
861.57 111005862